トルストイの涙

北御門二郎 対話 澤地　久枝

青風舎

ぎりぎりの人生――まえがきにかえて

澤地久枝

人生に物語があるように、一冊の本にも、物語がある。いま、北御門二郎といい、レフ・ニコラエヴィチ・トルストイといっても、ある「世界」を思いえがけるひとが、どれだけあるだろうか。この『トルストイの涙』は、わたしが聞き手となって、北御門さんの生涯の仕事と、「徴兵忌避」という決断について語ってもらった一冊である。

「運命」を感じるのは、さいしょの出版は、一九九二年十一月、エミール社から出た。はじめの形は、NHKの「教育テレビスペシャル・イワンの国のものがたり」で、同年九月十日の夜、オンエアされた。四十五分の番組である。

一九九二年の三月、NHKの友人に誘われて、熊本県水上村湯山へ、北御門さんを訪ねた。当時、七十九歳でいらした。わたしは十七歳年少である。

このときは、北御門さんに会って、番組がつくれるかどうか、打診であった。若い日にトルストイに惹かれ、徴兵を「拒否」したひとであり、絶対的非暴力の思想で人生をつらぬいてきたひとであることが知られた。

現地にいた若いディレクターを中心に、八月に再度わたしがたずねてゆき、このときは県内の中学校で、北御門さんとわたしが講演をした。さらに湯山のお宅で話を聞いたのだが、その一日は台風におそわれ、仕事にならなかった。

宿にこもっていた日、ディレクターが、北御門さんの生涯の日記全文を借り出していると聞き、それを運んでもらい、終日読んでいた。

「徴兵忌避」といっても、よくわからないひとの方が多いかもしれない。

明治五(一八七二)年から昭和二十(一九四五)年まで、日本人には、最大義務のひとつとして「徴兵制度」があった。

男子は満二十歳になると、義務として徴兵検査を受ける。身長・体重など水準以上にすぐれ、性病などの病気のないひとが、甲種合格と判定され、このひとたちが三年か二年、海軍と陸軍のどちらかに属して、兵役についた。いくさがあれば、たたかうひとたちである。

徴兵の詔書と太政官(政府)告諭が出され、そこに「ソノ生血《イキチ》ヲ以テ報ズルノ謂(意味)」の言葉があり、文字通りいのちをとられると受けとったひとびとの血税反対騒動が全国で起きた。

徴兵令のなかの「常備兵免役概則」に、官省府県に奉職の者、文部工部その他公塾に学んだ専門生徒及び洋行修業の者などは、兵役をまぬかれるとしている。昭和十八年の「学徒出陣」は、専門学校以上の学生の徴兵猶余がとりけされ、理科系学生以外が徴兵されたことを意味している。

「家」を重視した国らしく、一家をつぐことになる嗣子嗣孫、独子独孫も、徴兵をまぬかれた。養子にゆくひとがふえたといわれる。初期には、代人料二百七十円を支払えば徴兵は免除された。

明治十（一八七七）年の西南戦争では、政府軍の参戦六万六千人。兵役を免除されていた者も徴集されたという。明治十一年二月現在の政府軍の死者は六六二三人。ほぼ一割が戦死している。

徴兵は、一家の働き手を軍隊に奪い、ときには戦死させ、あるいは身体を損傷される苦役である。

明治三十三（一九〇〇）年九月、新潟県中蒲原郡内の徴兵忌避者二五八人、一五二人が起訴されている（『近代日本総合年表』）。

明治三十七年一月には、文部省が徴兵猶余を利用する徴兵忌避に対して厳重戒告をおこなっている。記録にのこらない徴兵拒否もしくは忌避が、明治時代に数多くあったと思われる。

昭和は、戦争の時代となった。徴兵制のある社会の青春は、どうすれば人生を分断されないか苦しみ、ひとを殺すことを悪と考えるひとには、煉獄の淵に立つ試練を課した。

「非国民」という言葉がこの国にしみついたのは、いつからか。戦争を否定し、軍隊を否定して徴兵を拒否する。それは、少々の勇気ではなし得ない時代に直面する。さらには「現役」をおえたあと、「予備役」があって、いわば生涯を兵役にしばられる。「赤紙」で軍隊にとられる。それが、戦争がおわるまでの日本であった。

国民皆兵の国是の前で徴兵を拒否したきわめてかぎられたひとのひとりが、北御門さんであった。

試練は昭和十三（一九三八）年に見舞う。日中戦争開始の翌年である。予告された徴兵検査日を前に、故郷をはなれた北御門さんは行方不明になる。

郷里では大さわぎになり、山狩りもされた。

誰にも知られぬ行方不明のうちに、徴兵検査の日が過ぎる。罪に問われることを覚悟して、北御門さんは所在を知らせた。

その人生でトルストイに出会い、ふかく共鳴し、ロシア語で原文を読もうと決心した。東京帝国大学の英文科を中退し、白系ロシア人の多く住む満州（中国東北地方）のハルビンへわたった。大学の籍は残したままである。

二十四、五歳になって日本へ帰ったとき、徴兵検査の通知を受けたのだ。大学中退者に徴兵猶余の「恩典」はなかった。

むかえに来た母につれられて故郷に帰る列車が、ふかい谷川をわたるとき、とびこもうと考え、身のおきどころのない状態だった。さらに、逃れたはずの徴兵検査の場によばれ、検査官にむかって検査忌避の意見を言いきれないうちに、精神を病む者と「判定」され、検査はまぬかれる。

なぜはっきりと信ずるところを言わなかったのかと北御門さんは悩みつづけた。

北御門さんには、さらに「国策」にそむいた日がある。結婚して親になり、農業にいそしんでいた昭和二十年、「勤労動員命令」（いわゆる白紙の召集令状）が舞いこむ。戦争が力つきて終りかけていたとき、「国の動員命令」に文書を出してこばんだ。

小さな山村のことである。徴兵拒否をやったひとが、国の命令にまたも公然と反対した。噂がひろがってゆくのが自然である。

国の命令をこばむことは、近隣の人たちとのまじわりをたつことを意味する。「村八分」という表現は、戦争がおわって、民主主義になった社会の実情を物語っている。つまり、罰として隣り近所のつきあいをなくす。八分ののこりの「二分」は、葬儀など、どうしても欠かせない「つきあい」だけを認めた。いまでも、気持の上で「村八分」、つまり近隣の人たちとのつきあいがたたれることへの恐れが生きているかも知れない。

日本の社会には、説明のできない要素があり、この国はかわらない、とたびたび感じるが、「村八分」への恐れがひとびとの心の底にあると思えば、この国は、かわってはいない。たとえば「日の丸」と「君が代」を考えてみる。現在、学校の行事などで単独行動、つまり起立しないひとはどうなるか。訴えられ、罪に問われるなど（無罪判決はあるが）、尋常ではない勇気を必要とする。戦後の日本社会に、「強固なタブー」ができあがっている。自由ではないのだ。

強権の天皇制支配の社会。天皇制を守るべく、幾重にも法律がつくられ（よく知られているのが、最高刑死刑であった治安維持法）、あたえられた「国家の枠」のなかで、ひとびとは生きていた。その国の命脈である軍隊の否認、戦争協力の忌避は大罪であった。

それを、北御門さんはやったのだ。

ご本人はきゃしゃな、心やさしいひとである。トルストイの理想に共鳴し、信ずることをかえないという生き方をつらぬいた。ＰＫＯ法案が国会にかかっていたとき、三十人のデモを人吉市でやったという新聞記事がある。七十代である。

ＰＫＯ法が成立して、日本の自衛隊ははじめて国外、カンボジアへ出ていった。トルストイといっても、名前を知らないひともあるかも知れない。「本を読まない」ひとがふえた。さらには、長篇である。『戦争と平和』は、わたしが読んだのは十巻本だった。トルストイは一八二二年から一九一〇年まで、八十一年の人生を生き、明治時代から日本に熱いファンをもっていた。人生で読むべき本として、わたしはトルストイの『戦争と平和』をあげたい。

この作品でわたしは「戦場」をはじめて知ったと思う。現在の戦争と比較などできない二百年以上前の戦場だが、焼きつくされたモスクワを実際に歩いているような気持になった。木村浩によれば、登場人物五五九人という。わたしの十冊本（中央公論社刊）は、五味川純平氏の助手をしていたとき、「ちょっと借りてゆくよ」といわれ、そのままになった。

『アンナ・カレーニナ』はいまでもよく読まれていると思う。テーマは、夫も子もあるアンナの姦通。家庭を捨てて恋人のもとへ走りながら、信じきれなくて死んでゆくアンナを、わがことととして読んだ女性は世界中にいる。カレーニナは女性名詞、カレーニンの妻を意味している。

『復活』は一八八九（明治二十二）年から十年がかりで書かれた。明治三十二年に完成した作品は、大正三（一九一四）年三月、島村抱月の脚色で上演されている。女主人公カチューシャは松井須磨子が演じ、全国を巡演、四百四十回上演された。

「カチューシャ可愛や　別れの辛さ
　せめて淡雪とけぬ間と　神に願いを
　ララかけましょか」

劇中でうたわれた「カチューシャの唄」がどんなに流行したか、わたしは昭和十四、五年に、母がうたう歌でおぼえた。レコードは二万枚つくられたという。

『復活』とトルストイは、早くに日本人の生活のなかへ入ってきた。しかし、トルストイが日露戦争（一九〇四―五）にあたり、反戦のつよい意志を世界に向けて発したことをわたしが知り、講演のなかで紹介するようになったのは、この二十年くらいのことである。

「わたしはロシアの味方でも、日本の味方でもなく、それぞれの政府によって欺かれ、自分たちの幸福にも、良心にも、そして宗教にも反して戦争に駆り立てられた両国の労働者の皆さんの味方であります」

「戦争は、人々がいかなる暴力行為にも参加せず、そのために被るであろう迫害を耐え忍ぶ覚悟をした時、初めてやむ。それが戦争絶滅の唯一の方法である」

北御門さんは、トルストイの無条件の絶対的非暴力の思想にひかれ、誤訳の多かったその作品を新たに翻訳することに人生をついやした。氏から示されたトルストイの言葉がある。

「自分の祖国への愛情は、家族への愛情と同様に人間としての自然な性質であるが、それは決して美徳ではなく、それが度を越して隣人への愛を破壊するようになれば、むしろ罪悪と言わねばならない」

百余年前の言葉がいまも説得力をもっていると思う。人は容易にかわらず、しかしつねに理想を求める。真理は時代をこえるのだろうか。

今年は、九条の会の発足から十年目になる。九人の呼びかけ人は、小田実さんが逝かれ、加藤周一さん、井上ひさしさん、三木睦子さんを喪った。

そして、二〇一四年の現在、憲法は最大の「危機」をむかえている。

第二次安倍内閣の暴走は、正気とは思えない。この三月、集団的自衛権を内閣が認め、同盟国つまりアメリカの戦場に、自衛隊が参加する事態が現実のものになろうとしている。

衆議院議員選挙で第一党となり、参議院議員選挙でも「勝者」となった自民党、「総理のわたしが決める」と国会の答弁にある。内閣総理大臣は、いつから権力者、その権化になったのだろう。

棄権するひとが半数をこえている。主権者たちは、全権をゆだねたわけではない。

北御門さんとの対談は心ゆくまで語りあいながら、すべてで意見一致にはならなかった。とくに選挙の棄権に関して、わたしは異をとなえた。

だが、対話の席から二十二年。棄権するひとは、ふえつづけている。北御門さんが描かれた政治不信任に棄権数では近づきながら、よりいっそう政府は傲慢である。自民党を支配しているのは、政治悪そのものだと思う。

憲法前文の精神を踏みにじり、九八条の改憲条項をかえ、九条をかえて、戦争のできる国にかえようとしている。

尖閣諸島の一触即発の空気は、作られたものでありながら、どちらかが一発撃てば戦闘がはじまる。それを好機として、憲法の実質を変えようという政治意志が、これほどあからさまになったことは、かつてない。

ひとびとの生活は、悪化するばかりではないか。インフレ二パーセント目標を国の方針にかかげたが、日用品、なかでも食料の値上りはすさまじいものがある。

これは政治の一種の詐欺行為と思う。あるひとがいった。七十歳以後は、医療費はゼロであるといい、たしかにゼロの時代があった。いま、健康保険の六十五歳以上を別枠にして、自分たちでその費用をまかなえという。医療費の負担はふえ、「老後」の生活プランがガタガタになった、と。

年金の額がへっている。天引きの保険料などがあがった。とるものをとり、支給を約束したものを減額する。これは詐欺とよばれるべきではないのか。

つまり、ひとのいのちも、ひとの生活も、すべて無視する政治がまかり通ろうとしている。戦後六十九年、営々と築いてきたわたしたちの生活から、未来が奪われようとしている。

福島の原発事故から丸三年。

国は、福島を見捨てたと思う。放射能は全国規模でひろがっているが、福島は、死んだ。原因究明も、放射能の数値も、今後の対策も、なにも信じられるものはない。ロシアのチェルノブイリより深刻な事故であり、ソ連末期のチェルノブイリに劣る政治の対応である。

放射能を帯びた汚染水は、「完全にコントロールされている」と国際会議場でいいきった日本国総理大臣の大嘘。収拾不能の現場を無視して、「復興」の名のもとに、税金はムダづかいされつづけている。

はじめに本の物語、本の運命と書いた。

エミール社からの出版から二十二年。途中で版元が消え、本は、宙に浮いた。くわしいことは知らない。本は幻の書となった。

北御門さんのしっかりした美しい文字のおたよりをいただき、お返事を書くゆききのうち、わたしは三度目の心臓手術（一九九四）をし、次第に北御門さんとのご縁が遠くなった。沖縄で二年あまり暮したということもある。

二〇〇四年七月、ペースメーカー装着が避けられなくなって入院、二週間入院している。そのベッドで、北御門さんが逝かれたことを知った。

九十一歳だった。

若いときからの日記を全文見せていただいたこともあって、わたしは質問者として許されがたい深いことを聞いている。

理想をかかげ、勇気を試されながら、汚辱にまみれた日もあり、迷い苦しんだ「凡俗」の人間が歩んだおなじ道を、若い日の北御門さんがたどられたことを問うた。

「あなたはそれを質問されるのか」

と呻いた日、北御門さんは七十九歳であった。本が出たとき、支持者から「あれまで質問し、文章にするのは不必要だ」という意見が聞かれたことを、北御門さんがのちに語られた。

頭をかかえて答えに苦しむ姿は、つよい印象としてのこった。それから十年あまりの歳月、北御門さんはトルストイ作品の翻訳と、茶畠その他の畠仕事をかわらずつづけられた。頼まれれば上京して、講演もされた。畠は「トルストイの涙」とよばれていて、北御門さんの人生を語っている。

妻のヨモさんは、間もなく夫のあとを追った。熊本のふかい山地で、徴兵拒否、勤労動員も拒否、戦争は悪以外のなにものでもないという信条にいのちをかけた夫の傍で、ヨモさんが生きた日々は容易ではない。

小さいときから百姓の生活、といったヨモさんは、「農業は、妻が先生」と夫に言われる役割を黙々と果し、五人の子どもを生み、ひとりを亡くした。

NHKテレビの放送直後、社会学者の鶴見和子さんから電話があって、「女のすばらしさ」をヨモさんにみたことを、熱をこめて語られた。夫妻は録画の前年、金婚式をむかえられていた。

NHK熊本放送局製作の番組で、「北御門二郎の世界」は、かなりのひとに伝えられたと思う。ヨモさんと二人きりになったとき、「北御門さんは、若いとき、気むずかしい方でいらっしゃいましたか」と聞いた。「いいえぇ」。ヨモさんは照れ、微笑を浮かべて首を振った。

結婚生活をふりかえって、いちばん辛かったときは？　と聞いた。

「辛かったこと、ですか……」

遠くを思うような視線になり、沈黙ののちに、ヨモさんは声をたてて笑った。じつにいい笑顔と声であった。


モスクワ郊外のヤースナヤ・ポリャーナ（森の中の明るい草地の意）でトルストイは生れ、ここで農業に従事し、作品を書いた。

北御門さんが同地を訪ねた冬の日。すでに閉館時間を過ぎ、入口はしまっていた。裏からしのび入って墓に詣で、北御門さんは慟哭したと聞いた。ひとがひとに出会うこと、その一種の完結だったと思う。

一九九四年六月、わたしはヤースナヤ・ポリャーナへ行っている。想像をはるかに超える広大な敷地であり、並木がつづき、かつてのままの邸宅があった。

トルストイの墓へゆく。やわらかな草におおわれて、墓はあった。大きな薮蚊が攻めてきて、あまり訪ねるひとのないことを語っているようだった。北御門さんにその報告の電話をし、わたしにはもう、後悔することがなかった。

北御門さんが逝かれ、ロシア旅行の通訳だった三浦みどりさんが亡くなって、わたしは「手のなかになにもない」感じで生きてきた。

二〇〇七年二月、かもがわ出版から『発信する声』を出版するとき、幻となった『トルストイの涙』の一部を採録した。

トルストイの『イワンの馬鹿』が窮極の理想であると語る北御門さんに、わたしは「イワン」は受け入れられないと語っている。

しかし、二十二年たち、傾斜してゆくこの国の政治に、つよい危機感をもつ現在、わたしは『イワンの馬鹿』の世界に近づいてゆきつつある自分を感じる。

さらには、エミール社の代表であった長谷川幹男氏が新たに青風舎をおこされ、『トルストイの涙』を刊行されるという。

北御門さんは九十一歳の人生、きれいごとだけではない生きてきた日々を、存分に語られたと思う。一冊の書物として、人生のぎりぎりの選択と姿を、これほど語りつくしている本はないと思う。徴兵制のあった日本を知らない、生まれていなかったというひとたちに、ぜひ読んでいただきたい。

《目　次》

I

「おとなになる旅」を続けるあなたへ

1 叡智に対して貪欲に――澤地久枝からあなたへ

私にとっての八月六日

今日は八月六日。私にとって八月六日は、初めて原子爆弾が落とされた、いわば運命の一日として残っています。でも、その時、十四歳で高等女学校三年生(今の中学三年生)だった私には、意味が全くわかっていませんでした。

私が広島を自分の目で見たのは、敗戦の翌年に日本に引き揚げてきて、さらにもう一年たった昭和二十二年の秋に、東京に出てくるために両親と一緒に汽車で広島を通過した時です。今、みなさんが修学旅行で行かれてももうほとんど跡形もありませんけれども、私が汽車の窓から見た広島は一面の焼け野原。何にもない焼け野原です。

私は満州（中国東北地方）にいたために空襲を経験していませんし、帰ってきた街もまた空襲を知らない街でしたから、原子爆弾というものがどんなに悲惨な破壊力を持つものであるかということを初めて自分の目で見ました。

そして東京の原宿に来て、気分が悪くてひと晩寝て、次の朝起きて窓から外を見ましたら、向こう側にある家が焼けトタンで囲ったひどい、今なら豚小屋にもしないようなバラックなんですね。なんてひどいところに人が住んでいるのだろうかと驚きましたけれども、自分たち親子が頼りにした家も、外に出てみたらまさにそういうバラックで、そこから富士山が見えて、渋谷の駅あたりまで焼け残っている建物は、昔からのお蔵だけでした。あとは全部ほとんど姿をとどめない一面の焼け野原です。

広島も東京も同じような焼け野原でありましたけれども、そして東京の大空襲でも多くの犠牲者は出ましたけれども、広島に落ちた爆弾は特別の爆弾だったわけです。現在もその時に浴びた放射能の後遺症で、がんで亡くなっていく人もいるし、それからお母さんのおなかの中にいて、いわゆる体内被曝をして、生まれてきた時には被曝による小頭症――頭が小さい赤ちゃんとして生まれてきて、知能も人並みにならない。そういう例は人間の歴史の中で初めてですから、赤ん坊のうちに死んでしまうだろうと言われていました。

その一人がHさんという床屋さんの家に生まれた赤ちゃんです。その子の面倒を見るために、お母さんは過労で体をこわして亡くなりましたが、この女の子はもう四十六歳近くになるでしょうか。今も生きておられます。しかし、四十何年生きてきても、小頭症で生まれてきて知能が人並みになることは絶対にないというような、ほかの街が受けた爆弾による被害とは全く違う異質のものを広島は被りました。そして続けて長崎にも二発目の原子爆弾が落ちたわけです。

そこまでいかなくても、日本は戦争を終わらせることができたはずです。しかし、戦争の道を選び、勝利する見込みのない時に、どうやって戦争を収拾するかという知恵もない。そして結局、一つの実験であったと思いますけれども。原爆が二発も投下された。そういう原爆投下という体験を持っている国、あるいは民族は日本しかないんですね。

今日はそういう人類の歴史の上で初めて、生きている人間の上に、動物やその他生き物すべての上に原爆が投じられた日であるとともに、政治の愚かな選択を語っている日として思い起こすべき日であると思います。

それから、この戦争は日本がよそから侵略されて受けて立ったという戦争ではなくて、満州事変を初めとして、常に常に日本側から仕掛けてやった戦争です。大義名分などは戦争にはいつもないんですね。その結果の原爆投下であり、大勢の戦死者、あるいは戦闘員でない人たちがけがをしたり死んだりしました。同時に、日本が相手とした国々、たとえば中国はいちばん大きい犠牲者を出しています。日本の犠牲よりもけた外れの死傷者を出し、そして生活を破壊するということがあったことを忘れずに被爆の記念日というものを考えたいと思います。

軍国少女

私は敗戦の一九四五年、高等女学校三年生の女の子でした。その十四歳の少年少女はここにもかなりいらっしゃる。そのころの私は、日本が負けたということを当時の満州の吉林という街で聞きました。

あのころ、学徒動員というのがありまして、学校では授業がなくて、一年生、二年生は畑の開墾の仕事をしましたが、三年生の私は六月十日から七月十日まで、後《のち》に多くの残留孤児を生んだ開拓団に動員されていました。男の人を根こそぎ動員で持っていってしまったあとの農作業を手伝って、泊まり込みをしていました。頭の虱がうつって虱だらけになって家へ帰ってくる。その後は、陸軍病院の三等看護婦見習いとして看護婦さんになる訓練を受けていました。ちょうどその時期が、今日のこの時期にあたります。

そのころ私は、先生たちが手を焼かれるほど非常に生意気で、たくさん本を読んで、自分はものがよくわかっていると思っていました。それなのに日本の戦争は「聖戦」であると思い、日本は「神国」だと思い、負けた時には「神風」が吹かなかったと本気で思うような、当時の教育に見事に染め上げられた子どもになっていました。

それでは、私が戦争が大好きな残忍な少女であったかというと、必ずしもそうではないんですね。数えの三歳の弟が赤痢という病気で死んだ時に、その臨終に立ち会って、命がどんなにはかなくもろく奪われるかということを思って号泣しましたし、私を本当にかわいがってくれた祖母が好きで好きでたまらなくて、弟が死んだあとではおばあさんが死んだらどうしようかと思って、夜中に目が覚めると泣かずにはいられないようなやさしい気持ちも持っていたんですね。

そしてまた、生意気で早熟で教師をばかにするような悪い子でしたから——悪い子であったことを私は少し威張っているところもあるのですけれども――きっと自分では何でもよくわかっていると思っていたんだと思います。さらに、自分の弟が死んだ時に号泣し、そして結局、祖母も昭和二十年の一月に亡くなるのですが、祖母が亡くなったことにも泣かずにはいられないような、そういう人の命に対するいとおしみとか、人と死別する悲しみをよく知っていて、それで何でもわかっていると私が思っている。しかし、所詮は無知な十四歳の私だったということです。

あのころ、もう絶望的な戦争の状況になっていました。飛行機もなくなり、出撃したら必ず飛行機に体当たりをして、行って帰ることをしない任務、敵――あの時の当面の敵はアメリカですけれども――の軍艦を撃沈するという任務で出撃する特別攻撃隊の出動ということがありました。

あとから思うとこれはドラマで、ラジオで俳優さんが扮していることは子どもでわからなかったのですが、特攻に出ていく兵士たちは、水盃をして別れていく。「行ってまいります」とは言わないんですね。帰ってくることはないから、「行きます」とだけ言って「海ゆかば」を歌う。そういう歌をうたっているのをラジオで聞いた時に、なんと痛ましいことなんだろうかと思ったものです。しかし、だから戦争はいやだと私が思ったかというと、そうじゃないんですね。あの人たちが死んでいくのならば、私も早く戦争に行って死ななければならないと思っていました。

そういうふうに人間の考え方というのは、やはりその時代の教育の枠からなかなか踏み出していけないものだ、ということを後になってつくづく思いました。

みなさんは、九州は土地柄として元寇にはゆかりのある土地ですから、「神風」の話は知ってらっしゃると思うけれども、現実には神風が吹くなどということを信じている方はたぶん一人もいないだろうと思います。でも、非常に早熟で何でもわかっていると思っていた私にすれば、日本が負けたと聞いた時に、「ああ、神風は吹かなかった」と思ったとしても少しも不思議ではありませんでした。

そのころ、時局係担当という先生がいらして、私たちはみんなその先生に熱をあげていました。その熱をあげている先生が朝礼の時、アッツ島の兵士は玉砕した、つまり全滅したという話をして男泣きをなさったんです。それが私にどう感染したか。泣いて、いよいよ自分は戦争に行って死ななければならないと真剣に考えるような、そういう十四歳の少女として一九四五年を迎えたということを私はしみじみ思い出します。そういう無知からくるまちがいをくり返してほしくありません。

歴史というものを紐解いてみれば、さまざまなところで人間がどんなに愚かなことを何度も何度もくり返してきたかということを、多くの人が自分の後に生まれて生きる人たちに伝えようと思っていっぱい書き残しておられます。だからみなさんは、そこから知恵の果実というものをつかみ取って、存分に食べていただきたいのです。

私は学校の成績は普通でしたけれども宿題などは全然しないで、夏休みが終わると、くろんぼ大会の全校の三位までに必ず入るというくらい外で遊んで真っ黒になっている、勉強するよりは外へ出てトンボやバッタを追いかけることのほうが面白いという女の子でした。そしてまた、本を読むと親にいつも叱られて、隠れてお便所の中なんかで読んだりしているという女の子でした。それも子どもの本では飽き足りなくて、おとなの本を一所懸命読んだものです。そのころ、日本の文学全集はふりがながが振ってありましたから、読めない本はないんです。だから、ほとんどの本をいちおう読んでいるというような子どもだったと思います。

でも、戦争中、私どもの学校では英語の授業は一時間もありませんでしたから、戦争が終わる三年生の一学期の終わりごろになっても、私はアルファベットとローマ字の区別がつかないんですね。なぜアルファベットを知ったかというと、数学で関数をやるようになったからです。ＡＢＣを使わなければ簡単な関数も解けませんでしょう。それで私たちは初めてアルファベットを習って、そして自分の名前をローマ字で書きました。

教師が回ってきて、「おまえの名前はメシモリというのか」と言われた人がありますが、その人はマスモリさんという人で、習ったばっかりのローマ字で書いたのでメシモリと書いてしまうという具合でした。学校で英語など習っていないのです。

私は本が好きで、親に隠れて読むようなことをしていたわけですから、外国の本も翻訳で読めばよさそうなものですけれども、私にはひとつの側から見た事実しか見えませんでした。ほとんどの本は敵性の本として発売禁止になっていて目にふれない。だから非常に偏った教育の申し子として私は敗戦を迎えたと思います。

「おとなになる旅」を続けるあなたへ

その後私は、お蚕さんが繭《まゆ》の中に入ってしまったような青春時代を送りました。何年もそこから出ることはできませんでした。私は自分も含めて何にも信用することができなくなって、しっかり繭の中に入ったように自分を隠し、そして何を見ても感動しない人間になって戦後の何年間を生きていました。

そしてやがて、戦争というのはみんな喜んで出ていって死んだり、あるいは人を殺したりするのではなくて、多くの人は自分も死にたくないし、同時に人も殺したくない。そしてまた、愛する人たちと別れたくないと思って心の中では血の涙を流すようにしながら、しかし戦場に駆り立てられていき、憎んでもいない人たちを殺し、自分も死んでいったのだということを知りました。私は愛する肉親を失った時よりももっと激しく慟哭したことを覚えています。

その時から私は、戦争というものは人間が始めるのだと考えるようになりました。人間に叡智というものが与えられ、それからイマジネーションというものがあるならば、戦争を体験したかしなかったかを問わず、「戦争を始めることをよそう」とみんなが考えれば戦争はなくなる、天変地異のように突然地震が起きたというようなことで人が死ぬのではなくて、戦争は人間が始めるのだ、人間が殺し合いをすることはやめなければならないと考えてずっと生きてきたと思います。そして、そういう気持ちを裏側に塗り込めるようにしてものを書いてきたと思います。

父は家庭内暴力こそふるいませんでしたが、私は子どものころ父が大嫌いで、父を憎んでいました。父から叱られたり折檻されたりしました。父親も若いから、娘が反抗的だと腹を立てて殴ったりすることがある。

そういう出来事の後、今だったら家庭内暴力ということで暴れるかもしれないけれども、私は何をやったかというと、家へなかなか帰らない。学校の帰りに森の中というか、林の中へ入っていろんな枝ぶりを見て歩いたんです。なんで枝ぶり見て歩いていたかというと、どの枝で首を吊って死んでやろうかと。これは死にたいから死ぬんじゃなくて、一種の報復ですね。自分を折檻した親たちに思い知らせてやる方法として死に場所を探して歩いていたのです。

そしてまた、親が悪いというのではなくて、私は『おとなになる旅』の中に書いていますけれども、家が貧しかったですから、修学旅行の時に十分お小遣いをもらえない。しかし、自分がとてもかわいいと思っている妹にこんな小さなお人形さんを買ってやりたい。でも、お金が足りないんですね。それで私は、自慢できることではありませんけれども、三十五銭の小さなお人形を万引きしたことがあります。もしその時見つかってとがめられていたら、私の人生は変わったと思うんですね。私は非常に感じやすい少女でしたから。ですから、盗むことが悪いこともよく知っていて盗んで、そのことをとがめられたら、そこで私の人生はどれだけ変わったかと思います。

でも、幸か不幸か、それは発見されなかった。だから、私が言わない限り誰も知らない。でも、自分が悪いことをしたということは、自分自身はごまかせませんから忘れられないですね。

万引きもし、先生たちが持て余したのも当然のような悪ガキだったと思いますが、そういう悪ガキが満十四歳、高等女学校三年生の夏に日本の敗戦を迎えて、そしてその後、何も信じられなくなって自分の心を硬くして繭《まゆ》の中に閉じこもっているような何年間を過ごした後で、戦争とはいったい何であったのかということを知り、そこから私は自分の本当の人生というものを歩いてきたと思います。

人並みにいろいろな経験がありますけれども、それから真っすぐな道を歩いてきて、今、私は私として立っている。私は戦争は絶対に悪であり、そしてこれは人間によって防ぐことができるし、殺し合いというものは地上から永久に放逐しなければならないというこの考えから、一ミリも後退することはないだろうと思います。

今日はご縁があって、思いがけずこうやってみなさんとお目にかかっているわけですけれども、今、あなたたちが何を考えておられるかということ、そしてここからどういう人生――つまり、どういう「おとなになる旅」をこれから続けていかれるかということは、あなたたちの幸福とか不幸ということに関係があるだけではありません。大げさなように聞こえるかもしれませんけれども、たぶん地球全部の命のあるもの――これは生き物というか自然も何もすべて含めてのことですけれども――に、そしてまた、やがて来る二十一世紀に地球と生き物たちがどういうふうに存在するかということに、たぶん関わっていることだと思います。

学校の成績や受験ということだけではなく、みなさんが正直に、そして知識に対して貪欲に勉強していかれること、人間として知識に対して、叡智に対して貪欲な人として生きていかれることを強く願って終わらせていただきます。

（一九九二年八月六日　熊本県の中学校での講演から）

2　トルストイから学ぶ——北御門二郎からあなたへ

トルストイとの出会い

演題として「私の戦争体験」となっていますけれども、私は戦争には行きませんでした。トルストイに出会って、戦争は悪だということを六十一年前に気がついたからです。だから、六十一年間というものは戦争は悪だということを信じ続け、主張し続けてきました。私にそれを気づかせてくれたのがトルストイという人です。ですから今日は、トルストイとの出会いが私を戦争にどう立ち向かわせたかということをお話ししたいと思います。

そういう点では、澤地さんのおっしゃった中に戦争体験がちゃんとありますし、その後、みなさんに対してどういう考え方をしていただきたいかというお願いもちゃんとなさっていて、私もあのとおりだということを申し上げます。

トルストイに出会うことによって、私が絶対的非暴力——戦争というものは根本的に悪だ、無条件に悪だ、理屈でも何でもない、とにかく悪だから悪だという、今日まで八十年間過ごし続けた末に到達したことを思って、できればみなさんもトルストイに出会ってもらえばいいなと思うわけです。

今日はいろいろ書物を持ってまいりました。これは『イワンの馬鹿』。「イワンの馬鹿」という話があることはご存じですか。これは本当を言えば、みんなに読んでもらいたい本なんです。『イワンの馬鹿』を世界中で教科書に採用すれば、人類はたちまち戦争の呪いから解放されるであろうということを本の帯に書いております。

それから、これはもっと大きくなられたら読んでいただきたい本として、これもトルストイの作品で『イワン・イリイッチの死』というのと、『光あるうちに光の中を歩め』という書物です。先生に生徒と一緒に読んでいただければ非常にうれしいと思います。これをゆっくり読んでいただくことでもって、戦争というものが人類にとってどんな意味があるかということを、みなさんで考えていただきたいと思います。

私がどういうことでトルストイに出会ったかを、ざっとかいつまんで申し上げます。

満十七歳の時、あなたたちよりも三つくらい上の昔の第五高等学校の一年生のころでした。

昭和五年です。ある友だちの家に行ったら、『人は何で生きるか』というトルストイの民話があって、それを読んでみたんです。そうしたら、とにかく感動したんです。何かわからんけれども、これはいい書物だなと思いました。

それまでは、読書というのは軽い意味で読んでいたのですが、『人は何で生きるか』を読んだ時、読書というのは人生にとっての一大事なんだなという思いが電気が走るみたいに……。それからこれはちょっと読んでみないといかんというので、その次に読んだのが『イワンの馬鹿』です。

『イワンの馬鹿』は、非暴力主義、戦争反対、人間が人間を暴力をもって屈服させることはまちがいだという考え方です。それが『イワンの馬鹿』の中にはっきり出ています。

小学校六年間、それから旧制中学の五年の十一年間、ぼくたちが習ってきた教育というのは、軍国主義のきわめつきの軍国主義の教育でした。「万朶《ばんだ》の桜か襟の色、花は吉野に嵐吹く、大和男の子《やまとおのこ》と生まれなば、散兵線の花と散れ」なんていう歌をうたわされる。とにかく日本の男として生まれたならば、戦争に行って鉄砲の撃ち合いをして死ぬことがいちばん名誉だということを歌わせるんですね。そんな教育です。でたらめも激しくて、言語道断も言語道断。今から考えればそんなことなんですけれども、小学校一年から中学校五年までの十一年間、すべてそういう教育を受けてきました。

もともと人間というものは誰だって平等なんです。ところが、あのころは天皇陛下のためならば何で命が惜しかろうと、天皇陛下のために死ぬことはこれほど名誉なことはないんだぞというような、とんでもない教育を押しつけられていたんです。そういう教育を十一年間押しつけられたので、怪しまなくなってしまったんですね。

第五高等学校1年のころ　前列左端が北御門二郎

私が熊本中学校のころ、阿蘇の原野で発火演習、つまり鉄砲でバンバーンと撃つ遊びをさせられました。もちろん実弾ではなく空砲ですけれども、私は大勢が向こうから攻めてくるのをバンバーンと撃つ役割をしたのですけれども、その時に、これを撃つということは人を殺すことなんだから、これはいけないことなんだという思いが中学校までは湧かなかったんです。だけど考えてみれば、これを撃つということは人を殺すことなんですね。トルストイに出会ってそのことに気づかされたわけです。

それからはトルストイを読みふけりました。読めば読むほど、今まで私が受けてきた日本の教育というのがいかにでたらめだったか。もちろん、読み書きそろばんという点では先生に非常にお世話になって、いわゆる知識の獲得という意味では先生にお世話になっていますけれども、人間にとって何が善で何が悪か、人間として何をなすべきで何をなすべきでないか、人間の生きる意味というのはどういうものかということについて、まるででたらめのことばっかりを教えられてきたんです。そのことがトルストイを読むにつれてわかってきて、それからトルストイを読んでいると、また読まざるをえない書物が出てくるんですね。まず聖書を読まなくちゃならなくなって、聖書に手が出るんですね。

聖書という本はすばらしい本です。初めは面白くありませんでしたが、マタイ伝の一章、二章、三章、四章と読んで、五章の山上の垂訓に至った時に、ぼくははっとしました。なんとすばらしい本だろう！　今ではぼろぼろになるくらい聖書は私の座右の書になっています。そんな調子で、今度は『論語』ですね。高等学校のころに論語を習ったんだけれども、ちっとも面白くなくて、何が孔子様かと思っていたのですけれども、トルストイを読んでいると孔子を非常に愛して高く評価しているから、何かいいものがあるんだなと思って『論語』

も読まにゃいかんだろうなと思っていたらある時、『論語』の中の一つの言葉が浮かんだんですね。

哀公という人が孔子に向かって、「あなたの弟子の中で誰がいちばん学を好みますか」と訊いたら、「顔回なる者あり、学を好む。怒りを遷《うつ》さず、過《あやま》ちを弐《ふた》たびせず。不幸、短命にして死せり。今や則《すなわ》ち亡《な》し。未《いま》だ学を好む者を聞かざるなり」という言葉です。

私は東大に入って、英文科の授業にものすごく幻滅を感じていました。まるで馬鹿みたいだな、東大にあこがれて入ってみたらまるででたらめで、本当に面白くないなと思ってがっかりして、こんなのが学問かと思っていた矢先に、孔子が顔回だけが学を好むと。あれだけの偉い弟子がたくさんいる中の顔回だけが学を好むと言った。孔子が言う学というのは非常に厳しい意味だな、東大のあの変な学問とは違うんだなということを痛感して、それから『論語』を読んでみました。

『論語』を読むと、その中の言葉が一つわかり、二つわかり、三つわかり、四つわかりして、だんだん孔子という人のイメージが浮かんでくるんですね。本当に読めば読むほどだんだん孔子のイメージが湧いてきて、好きで好きでたまらなくなる。好きで好きでたまらなくなると、言葉の端々《はしばし》まで、ああ、この人はこんな気持ちで言ったんだなということがぴんとくるようになるんですね。聖書に次いで『論語』も私の座右の書になりました。

それから哲学者のイマヌエル・カント。それからジャン・ジャック・ルソーの本。トルストイに導かれて読んだルソーの『エミール』は、高等学校時代はあまり面白くなくてそのままにしていたのですけれども、大学に入ってあらためて読んでみると、そのすばらしさに本当に感動しました。そういったかたちでトルストイによって絶対平和の思想を鼓吹されると同時に、いろんなすばらしい人たちとの出会いに案内していただいた。

そのことが私の生活をがらりと変えてしまいました。どんなふうに変わったかと言いますと、結局はこの世の中で出世したり、偉くなったり、お金をたくさんもうけたり、有名になったり、権力を握ったりというような世界と断絶し、それよりも人間にとっての真実なるものは何か、人間にとっての本当の幸福は何かということを探究するためにはそういうものを犠牲にしなくちゃならない。そんなものよりももっと大事なものがあるということ。

トルストイによって案内されたどの書物を読んでも、それを説いてやまないんですね。異口同音という言葉がありますが、異口同音に、とにかくあなたたちはお互いに苦しめ合ったり、いじめ合ったり、いわんや殺し合ったりするのは絶対無条件に悪なんだということ。お釈迦様でもそうです。イエスもそう。孔子なんかも誤解されているけれども、孔子も絶対にそうなんです。老子もそうだし、ソクラテスだってそうだし、みんな口をそろえてそれを説いています。それが私の中に不動の信念となってだんだん育っていったんです。

それでも今日までの間にはいろいろな心の動揺もありましたけれども、一本通っている筋は、権力を握った一部の人たちが自分の思うままにつくり上げた法律に人々がちょっとでも抵触すれば、その人々を監獄に入れたり死刑にしたりするような世の中ではいけないということでした。

大学に入りはしましたが、大学に幻滅を感じて英文科の勉強はしないで、トルストイの本などを読みふけったために大学では落ちこぼれになってしまいました。試験を受けても成績は悪かったし、面白くないので勉強しないから成績も悪いはずですね。

徴兵拒否へ

それから、まず前途に控えている徴兵検査。昔は満二十歳になれば必ず徴兵検査というのがありました。そのころは大学に入学していれば「徴兵検査を延ばしてください」という延期願を出せたのです。延期願を出さなければ徴兵検査を受けに来なさいと来る。

そのころの日本では、兵役の義務、教育の義務、納税の義務が三大義務と呼ばれていました。つまり、税金を納めろ、教育は俺たちが施す教育を受けて天皇陛下を拝むような人間になれと。兵役は俺たちが命令すれば武装して、中国なら中国、アメリカならアメリカの若者と殺し合いをしろと言われれば「はい」と。そういう義務が三大義務と言われていました。

その中の兵役の義務を拒否するとどういう刑罰がぼくに及ぶか、ということは想像がつかない。おそらく死刑じゃないかな、銃殺じゃないかなと思うんですよ。だから、怖くて仕方がないから、在学中は兵役延期願を出していました。そして大学に籍は置きながら、英文科の授業はちっとも面白くないので、ロシア語を勉強してトルストイを原書で読みたいと思いました。

ちょうど折よく、日本人の奥さんになっているロシアの婦人に、「自分の友達がハルビンにいて、あんまり器量はよくないけれどもものすごく心のきれいな、黄金の心の女性に紹介状を書いてあげるから、ハルビンに行って勉強してごらんなさい」と言われて、大学に籍を置きながらハルビンに飛び出して勉強に行きました。

せっかく東大の英文科に入っているのになんでロシア語なんかをしに行くのか、それで飯が食えるのかと親父なんかに言われたんですけれども、飯を食うためじゃなくてトルストイを読むために勉強しに行くんだと言って親父と喧嘩したりして飛び出しました。

結局ハルビンに半年あまりいて、それから大病をして日本に帰った時に、いつまでもぐずぐずと兵役延期願を出したって駄目だ、もうこのあたりで国家権力と対決しようということで延期願を出さなかったんです。出さないということは、時が来れば「徴兵検査を受けに来い」という手紙が必ず来るわけですね。

徴兵検査の日、私はすっぽかして兵役拒否の意思表示をしました。

昭和二十年、日本の敗戦となり、地主から土地が解放されまして、地主は土地を取り上げられたんですね。これは当然です。今までぼくの親父たちが搾取していたのだから。だけど、そのために何とか自分で稼がなきゃいかんということで翻訳を始めたのですけれども、翻訳するについてはいろんな偉い人たちの翻訳を参考にと思って、中村白葉訳の『アンナ・カレーニナ』を読んでみたら、ものすごい誤訳でびっくりしました。そういうことから始まって、トルストイの全作品を翻訳しようということになりました。

教育はいかに大事か

私が思うのに、どうして日本があんなでたらめな戦争に飛び込んでいったのか。もともと恨みも何もない人間に、「人間と思わないで鉄砲で殺し合いをしろ」と権力者が命令しても、「いやだ」と言うのがまともな人間だと思うんですよ。ところが、みんな出て行った。それが教育の恐ろしさですね。

カントという人は、世界のすべての善事の源は善い教育だと言っています。その反対に、すべての悪事の源は悪い教育です。教育がいかに大事かということです。そのことについて、みなさんもですけれども、とくに先生方に勉強してもらいたいと思っています。

ところで、ソビエト革命を指導したレーニンという人をご存じですか。レーニンがいるころはロマノフ王朝の帝政時代で、ものすごい弾圧政治をしていました。農民や労働者は苦しめられてたまらないので、暴力をもって王朝を倒して革命を起こそうとしました。トルストイはそのころから、暴力はいけない、暴力を使えば権力を握った人が暴力を使ってまた同じわがままをする、だから暴力は使うなということを言っているんですね。

トルストイは作品を通してこの世の中を鏡のように映している、ものすごくすばらしい人ですが、レーニンは暴力を使っちゃいかんなんてそんな生っちょろいことで世の中は変わるか、悪い奴はやっつけないと世の中はよくならないと、トルストイを批判しました。

ソビエトにペレストロイカが起きたでしょう。ペレストロイカのことを考えてみても、いかにレーニンがまちがっていてトルストイが正しかったかということを、イリヤ・コンスタンチノフスキイという人が『ペレストロイカの鏡としてのレフ・トルストイ』という本で書いていています。結局、根本は教育です。孔子も最後は教育だということに気がついて、教育に力を注ぎました。

では、教育をどう考えたらいいのか。みんなが助け合って、みんながよくなるように、みんなのために自分はがんばろうと思う人を育てるのが教育ではないでしょうか。みんなが幸福になるためには自分はどうしたらいいかということを一人ひとりが考えれば、みんなが考えるのですから、必ず幸福な世の中ができるんです。ところが、おれがおれがとみんな一人ひとりが思うからばらばらです。

そのことについてはまず親ですね。私のおふくろは本当に教育ママで、家庭教師を雇ったりして無理矢理ぼくを東大まで押し込んだんですね。出世して偉い人になって、きれいな恰好をして、お金もたくさん入って、つらいこと汚いことなんかしないでいいような人間にしようと思って鞭で叩いたのですけれども、そんなことは本当はいけないんですね。人を押しのけて自分が先に立とうという教育は根本的にまちがっていると思います。

一九七五年七月の熊日（熊本日日新聞）の「読者の広場」の中である人がこんなことを書いているんです。本当にそうだなと思いました。読んでみますから、聞いとってください。

「私はうっぱずれ者」（常軌を逸した者）という題ですけれども、「今の世の中は競争社会だそうである。私は自分のことを時代の要求に応じられないうっぱずれ者だと思っている。だから、学歴主義や受験地獄のため教育投資が必要だと言われてもピンとこない。先日、ある学習会で大学生の方から『お子さんを育てられるモットーは何ですか』と尋ねられ、『たくさん遊んで、たくさん食べて、きれいにお風呂に入って、たくさん眠ること。そうしたら大きくなります。これ、私がいつも子どもと歌っている我が家の歌です』と答えると、『いや、お母さん、今はお子さんが小さいからそんな歌でいいでしょうけれども、受験が現実の問題となってしまってきた時、勉強第一主義をおっしゃらない自信がありますか』と体を乗り出してこられた。自信とか何とかではなく、私は今のどこかゆがんだ社会や人々に全身で拒否反応を示していきたいのである。受験が競争社会のいわゆるいいエリートコースへのパスポートであることを好まない者までが受験に血眼になることはないのだと思っている。

北御門家の家族　左から母、姉、著者二郎、父、兄、父の弟、兄の家庭教師

以前、映画の題に『名もなく貧しく美しく』というのがあったけれども、私もそんな人生を送りたいと思う。そして子ども達も、地位も富も要らない、どこかキラッと光る人間であってくれたらと、心から願わないではいられない。……」

本当の勉強をしてごらんなさい。この世の中で出世なんてしなくても生きられます。お金だって平均以下ぐらいでいい。勉強というのは楽しいことです。楽しいことを勉強するのが本当の勉強です。

私はトルストイが好きで、トルストイばかりを読んでいたから成績が悪かった。成績が悪いことを誇っていいんです。たとえば、あなた方が漱石の本を一所懸命読んで、無我夢中になって読んで、心を込めて読んで、それで試験の結果、先生が悪い点数を出されても、あなたは誇っていいんです。そういう人であってほしいと、私は思います。

（一九九二年八月六日　熊本県の中学校での講演から）

3　イワンは馬鹿だったか

『イワンの馬鹿』をめぐって

《『イワンの馬鹿』（北御門二郎訳）の後半部分から》

一晩休んで翌朝、紳士は広場に出て来ましたが、金貨の入った大きな袋と、一枚の紙幣も手に持っていました。

「あなた方はみんな豚のような生活をしている。私がどんなに暮らしたらいいかを教えてしんぜよう。私にこの図面通りの望楼を建ててください。あなた方が働けば、私が指図します。そしてお礼は金貨でお払いしましょう」

そう言って一同に金貨を見せました。馬鹿たちはびっくりしました。彼らにはお金を蓄える習慣がなく、互いに物々交換をしたり、手間でお礼をしたりしていました。それで金貨を見て驚いたのです。

「こりゃいいなあ」と彼らは言いました。そして金貨を品物や手間と交換しに紳士のところへやって来ました。老悪魔はタラスの場合同様、金貨をばらまきましたので、みんながいろんな品物やいろんな手間と交換に金貨をもらおうと紳士のところにやって来るのです。

老悪魔はほくほくです。どうやらおれの仕事もうまくいくわい。今度こそあの馬鹿めをタラスみたいにやっつけて、あいつを臓腑ぐるみそっくり買い取ってくれると考えました。

ところが、馬鹿たちは金貨が手に入ると、さっそく女たち全部に首飾りにやったり、娘たち全部におさげにつけてやったり、あとでは子どもたちが往還でおもちゃにして遊ぶほどになりました。こうしてみんなが金貨をうんと持つようになって、もうこれ以上欲しがらなくなりました。

ところが、立派な紳士の家はまだ半分もでき上がらず、穀物や家畜の一年分の蓄えもできません。そこで紳士は、自分のところへ働きに来るように、穀物や家畜を持って来るように、品物さえ持って来れば、また働いてさえくれれば何でもかでもうんと金貨を払うという広告を出しました。ところが、だれ一人働きにも来なければ、品物も持ってきません。たまに男の子や女の子が卵を金貨と替えに走ってきたり、水を汲んでやったりするぐらいで、とうとう食べる物もなくなりました。

立派な紳士は腹ぺこになって、食べ物を買いに村に出かけました。ある家に立ち寄ってめんどりを買おうと金貨を差し出しましたが、おかみさんは受け取ろうとしません。「うちにはもううんとあるだよ」と言います。今度はある貧しい百姓女のところに寄ってニシンを買おうと金貨を差し出しましたが、

「そんなもの要らないよ。あたいらのうちには子どもがいないから、だれもそんなもので遊びはしないよ。そいでもまあ珍しいから、あたい、三つももらっただ」と言うのです。

それでまた、今度はある百姓の家にパンを買いに寄りました。ところが、その百姓も金貨を受け取りません。

「そんなもの要らねえだ。だけど、キリスト様のために恵んでくれと言わっしゃるのなら、ひと切れ切らせて持ってきてあげる」と言います。

悪魔はペッとつばを吐いて百姓のところから逃げ出しました。キリスト様のためにと言って物をもらうなんてとんでもない。キリスト様という言葉を聞くだけでも身を切られるよりつらいのでした。こうしてパンは買えませんでした。

みんなが金貨を余るほど持っていました。老悪魔はどこへ行ってみても、だれも何一つくれず、みんな何かほかの物を持っといで、それとも働きに来てくれるか、それともまたキリスト様のためにと言って物乞いしたらいいと言うのです。老悪魔はかんかんに怒って、

「わしはお前さんたちに金貨をくれてやるのに、どうして働かなくちゃならんのか。金貨さえあればお前さんたちは何でも買えるし、どんな仕事だってしてもらえるじゃないか」と言いました。

ところが、馬鹿たちは耳を貸そうとしません。

「いやいや、おいらにはそんなもの要らねえ。おいらには払いだの税金だのって何にもないからな。なんでおいらに金がいるだ」

老悪魔はとうとう晩飯にありつけないまま寝床に入りました。

このことはイワンの馬鹿の知るところとなりました。人々が彼のところにやって来て、

「どうしたらよいでしょう。おいらのところに立派な紳士がやって来て、おいしいものを食

べたり飲んだり、きれいな着物を着たりしたがるくせに、仕事はまるでしないで、ただみんなに金貨だけ払おうとしますだ。以前、まだ金貨が欲しいうちは、みんながその紳士に何でもやってただが、今では何もやらねえです。一体どうしてやったらええだか。飢え死にでもしたら大変ですだ。キリスト様のためにと恵みを乞うこともせず、働こうともしねえだ」と伺いを立てに来たのです。

それを聞いてイワンが言いました。

「うん、よしよし。食わせてやらねばなるまい。羊飼いのように方々の家を廻らせるがよい」

こうして老悪魔は、家から家へと食べ物をもらって歩きました。やがてイワンの家に順番が回ってきました。悪魔はイワンの家に昼食にやって来ましたが、イワンの家ではおし娘が食事の用意をするのでした。

ところで、おし娘はこれまで何度も怠け者どもにだまされてきました。働きもしないで人より先に食卓について飯をすっかり平らげるのです。そこでおし娘も気がついて、怠け者を手で見分けるようになりました。そして、手にたこがある人はすぐ食卓につかせ、たこのない人には食べ残りをやるようにしました。

老悪魔がやっこらさと食卓につくや、おし娘はさっそく彼の手をとって調べてみると、たこがなくて、きれいなすべすべした手をしており、爪は長く伸びています。おし娘はかなきり声をあげて、悪魔を食卓から引きずり出しました。するとイワンの妻が、

「どうか怒らないでくださいな。うちの妹は手にたこのない人は食卓につかせないんです。ちょっと待ってもらえば、みんなが食べ終わりますから、そしたら食べ残りを食べてくださいな」と言いました。

老悪魔は、イワンのところでは自分に豚と同じものを食わせると言って怒りました。

「だれでもみんな手で働かなくちゃならぬというあなたの国の法律は馬鹿げています。あなた方が馬鹿だからそんなことを考えるのです。あなたは賢い人たちがなんで働くか知っていますか」

するとイワンが言いました。

「わしらのような馬鹿にそんなことわかりゃしないよ。わしらは何でも大方、手と背中でやってしまうからね」

「それはあなた方が馬鹿だからです。ひとつ頭で働く方法を教えてあげましょう。そうすればあなた方も手よりも頭で働くほうが得だということがわかるでしょう」

イワンはびっくりして言いました。

「おやおや、それじゃ、わしたちのことを馬鹿と言うのはあたり前だ」

そこでまた老悪魔が言いました。

「頭で働くのも生やさしいことじゃありませんよ。あなた方は私の手にたこがないからといって食べ物をくださろうとしないが、頭で働くほうが百倍も難しいということをご存じないのです。時には頭が割れそうなことがありますからね」

イワンは考え込みました。

「どうしてお前はそんなひどいことをするんだね。頭が割れたりしたらたまったことかね。それよりか手や背中を使ってもっとやさしいことをやればいいのに」

すると悪魔は言いました。

「私が無理をするのも、あなた方馬鹿がかわいそうだからです。私が無理でもしなければ、あなた方はいつまでたっても馬鹿なままでしょう。ところが、私は頭で働いてきたので、今度はそれをあなた方に教えてあげようというのです」

イワンはびっくりして言いました。

「じゃ、ひとつ頼む。手がなまったりした時、かわりに頭を使っていいから」

悪魔は教える約束をしました。

そこでイワンは、立派な紳士がやって来て、みんなが頭で働く方法を教える、そして頭で働けば手で働くよりももっと仕事ができるから、みんな教わりにやって来るようにという布告を国中に出しました。

イワンの国には高いやぐらが立っていて、それにまっすぐに段がついており、上のほうに望楼がありました。イワンは紳士を目に立つようにそこへ連れて行きました。

紳士はやぐらの上に立って、そこからしゃべり始めました。馬鹿たちは、紳士が手を使わずに頭で働くやり方を実演して見せるものと思っていました。ところが、老悪魔はただ舌の先をぺちゃぺちゃ動かして、馬鹿たちにどうしたら働かないで生きていけるかを説き立てるだけでした。馬鹿たちには何のことやらいっこうにわかりません。しばらくはみんな紳士をながめていたのですが、やがてそれぞれ自分の仕事をしにちりぢりに別れていきました。

老悪魔はやぐらの上に一日立ちづくめ。次の日も立ちづくめでしゃべり続けました。そのうちおなかがへってきました。ところが、馬鹿たちは、紳士が頭でもって手よりもうまく働くのなら、パンなんか頭でちょいと手に入れられるものと思い、やぐらの上にパンを持って行ってやることなど気づきもしませんでした。またその次の日も老悪魔は望楼の上に立ちづくめでしゃべり続けました。みんなは近寄って来て、しばらくながめては立ち去るのです。

イワンが尋ねました。

「どうだな。あの紳士は頭で働き始めたかな」

「いいえ、まだです。まだしゃべってばかりいます」とみんなは答えました。

老悪魔はまたその翌日も望楼に立ちづくめでしたが、とうとう弱ってよろよろし始めました。あげくのはてはよろけて頭を柱にごつんとぶつけました。それを見た馬鹿の一人がイワンの妻に告げましたので、イワンの妻は畑にいる夫のもとに駆けつけました。

「さあ、見物に行きましょう。あの紳士が頭で働き出したそうですわ」

「おや、そうか」とイワンは言うと、馬を繋《つな》いでやぐらのほうへ行きました。

そこへ着いてみると、老悪魔は空腹のためすっかりふらふらになり、頭から先にやぐらの段の上にぶっ倒れ、一段ずつ、こつん、こつんと頭をぶつけながら落ちていきます。

「なるほど」とイワンは言いました。

「あの紳士が時には頭が割れるようなことがあると言ったのは本当だわい。これはたこどころではない。あんなことをしたら頭はこぶだらけになるぞ」

老悪魔は段の下まで落ちて、頭を地面に突っ込みました。イワンはそばへ寄って、彼がどれくらい仕事をしたか見ようとすると、突然地面が裂けて、老悪魔はその中へ吸い込まれていき、あとには穴だけがぽつんと残りました。

イワンは頭をかきました。

「ちぇっ、汚らしいやつ、また出てきた。きっとあいつらの親分にちがいない。すごいやつだ」

イワンは今でも達者でいて、みんなが彼の国へ押しかけてまいります。二人の兄さんもやって来て、イワンが二人を養っています。だれでもやって来て、「私どもを養ってください」と言えば、「よしよし、一緒に暮らしなさい。わしらのところには何でもどっさりあるから」と言うのです。

ただ一つ、イワンの国には習慣があって、手にたこのある者は食卓についていいが、たこのない者は人の食べ残しを食べねばならないのです。

澤地　ところで、私の手にはたこがないんですけれども、私は一人暮らしですから、真っ先にご飯を食べます。でも、私の手に一つだけたこがあるのはペンだこです。指の形が変わっているんですね。私は今六十一歳ですけれども、九月が来ると六十二歳になる。字を書き始めて五十五年ぐらいになりますね。今はものを書くのが仕事ですから、指の形が変わるほどたこができておりますが、ご飯はいただけるでしょうか。

北御門　すばらしいものを書いていらっしゃるから。ぼくはもう年だから、見てください、だいぶやさしくなりました。

澤地　でも、たこ。これはお百姓をなさったたことペンだこと両方おありね。

北御門　両方です。もう八十ですから、うちの息子たちが帰ってくれてやってくれるから、今ぼくは軽い労働しかしないんです。それでたこが少し減ったですけどね。

たこができるように労働することは、ものを学ぶこと、勉強することと矛盾するように錯覚をします。そういう錯覚がありますね。ところが、ぼくの体験からすれば、肉体労働をして汗を流せば、その後ファイトが湧いてきて、翻訳とか新聞や雑誌に頼まれて文章を書く時、意欲が非常に湧いてくる。だから、翻訳にしてもまだまだ活字にしてもらいたいのが山のようにあるんです。ですから、肉体労働と精神労働は両立しますね。肉体労働ばっかりではいけないし、精神労働ばっかりではこれもいけないしというのがぼくの体験です。

ぼくに女のいとこが一人いて、これに一人息子がいて、しっかり勉強せんと駄目だよ、しっかり勉強しないと衛生車に乗らんといかんようになるよとね。

澤地　何ですか、それは。

北御門　うんこを汲んで歩く衛生車。（笑い）
澤地　バキュームカーと最近はしゃれて言う……。
北御門　「衛生車に乗らんといかんようになるよ」と言って、ぼくのいとこが息子を激励しているというんですよ。おかしいじゃないかとぼくは言ったんです。人の子どもは衛生車に乗れ、私の子はそんな汚いことをさせんというのは母親のエゴだと。人が嫌うようなことを真っ先にすることが人間として尊いことですよね。自分は恰好のいいところで、いやなこと、臭いことは人にだけさせるというのは人間としていけないことだということは、素直に考えれば誰だってわかることですね。そういう意味では、『イワンの馬鹿』の中には深いものがあります。
澤地　私は正直に言いますけれども、子どもの時に『イワンの馬鹿』を読みました。私はなんて馬鹿な話だろうと思ったんです、実は。
ここで「馬鹿」と書かれているのは、寓意的に「馬鹿」と言っているんで、本当に知能指数がどうこうということとは違うんですね。だけど、例えば貪欲な軍人になる兄さんと商人になる兄さんと二人いて、この兄たちが弟のイワンの人のいいのにつけ込んで、物を寄こせだの好き勝手なこと言う時に、イワンが「ああ、いいよ。みんな持っていきなさい」などと言うでしょう。兄さんたちがまた困って、食べられなくなって助けてくれって来る。それもでっかい態度で助けてくれって言ってくると、「ああ、よしよし。どうぞどうぞ」って言うけれども、この人はなぜいやだって言わないんだろうと私は思った。

おとなになって読み返してみた時、これはトルストイという人が、ある年齢にならなければわからないような寓意を込めて書いている作品とわかった。『イワンの馬鹿』は童話の仲間に入っているけれども、違いますね。大人のための童話じゃないでしょうか。

北御門　結局トルストイは、老若男女、知識階級であろうとあまり学問がない人であろうと、なるたけ広い範囲の人たちにわかってもらうように書いたんですね。子ども専用では決してなくて、おとなが大いに読まなくちゃならないんです。

亡くなられた方で中野好夫という名訳家がありましたね。本当にあの人の訳はうまい。あの人がぼくの『イワンの馬鹿』が出たのを機会に読んでいただいたというんですね。『イワンの馬鹿』は半世紀前に読んでみたんだけれども、いちおう子どもの本ぐらいに思ってあまり注意せずに読んで印象が薄かったと。また縁があって、ふとしたことで読み返してみたら、本当にすばらしい。偉大な思想を込めた書物、目からうろこが落ちたような思いで見直したということを書いてくれています。

熊本市の中学校生徒会役員を前にしての対話

年齢につれて何度も読み返すと、だんだんわかり方が深くなっていきます。ぼくはこれがトルストイとの出会いなんです。ですから、入門書だという気がするんです。

これは人間の本当の姿は何かということ。「はいはい」と言うけれども、いやだということは「いやだ」と言うんですよ。前を読んでもらえればわかるけれども、例えばタラスがお金をつくってくれと言うでしょう。セミョーンは兵隊をつくってくれと。悪いことをすると思わないで「はいはい」と言ってつくってやる。「いつでもまたつくってやるよ」と言ったら、後でまたつくってくれと来るでしょう。そうしたら今度はつくってやらんと言う。「なんで作ってくれんのか。約束したじゃないか」「約束はしたけれども、つくってやらん」。兵隊というのは歌をうたったりするものだと思ったら、人を殺す。人を殺すようなものだったら絶対つくってやらんと。そこは頑固ですね。まちがったことは、約束したって約束を破ってでも悪いことはしないのです。

澤地　兵隊をつくってくれとか、いろんなものを寄こせとか言われた時、「はいはい」って言うでしょう。「いやだ」と言えばいいのに「いやだ」と絶対に言わないで、ある意味で全部利用されてしまうというところを今の若い人たちが読むと、つまり自分にとっての大事なものというか利益というか、「いやだ」と言う権利があるぐらいのことはみなさん考えていらっしゃると思うんですね。それを全部言わないで、「いいよ、いいよ」って言うこのお人好しというのは何だろうという疑問があっても不思議はないですね。この社会の中で生きていたら。

北御門　イワンは人間の理想ですね。『論語』の権威者の白川静先生とやりとりをしているのですけれども、私は陶淵明が非常に好きだし、それから『徒然草』の兼好法師が非常に好きで、これも愛読してますけれども、白川先生がおっしゃるのに、兼好法師とか陶淵明はすばらしい人物だけれどもまだ俗気があると。イワンになったら聖人中の聖人で、これこそ理想の極だというんですね。結局、どんなことでも人が喜ぶことで、自分もそれをすることが道義に反しないことであれば、道義に反しないことで人に喜んでもらうことであれば、自分の体を苦痛にして、汗をだらだら流して苦労したって、その苦労は喜んでしようという極致の姿をイワンの中に書いているんですね。あれは理想の極致。馬鹿という姿の中に、むしろ反対に人間としての理想の極致をひとつの寓話の中に込めているのだから、そういうところで見てもらえばいいと思うんですね。

人間としての道義に反しないことで、人も喜んでくれることならば、できる限りのことはしようという心がけは決して悪いことではない。それの塊みたいなものがイワンですね。実際はなかなかそうはいかない。ぼくなんかもいかないけれども。

澤地　私は満州に行ったのは昭和十年で、まだ四歳でした。アメリカやイギリス相手の戦争は昭和十六年の十二月八日に始まるんですね。日本はだんだん負けるわけです。最初の半年ぐらいから後は負けるわけね。そうなった時に、教育の内容が悪くなっていくんですね。ですから、私が高等女学校に入るのは昭和十八年の四月ですけれども、そのころにはもう教科書でも、学校の先生方の話の中でも、まず日本は神の国だと言う。戦っている戦はホーリー・ウオー――聖戦という言い方ね。そしてどんなことがあるとしても、と言っている時にはもうすでに負けそうなことを政治家や軍人は知っているから言っているんだと思うけれども、神風が吹いて日本は勝つと。

悲しいんだけれども、私は非常に猜疑心が強いというか、疑うことを知っている子どもだったのに、やはりどこかでくるっと、さっき話したみたいに信じる子どもになっている。

元寇の役の時にも神風が吹いたということになっている教科書で、私は小学校の時に「元寇の役」というのを学んだんです。私の小学校の先生は、なぜ元の軍は逃げ帰ったのかと私たちに質問した。生徒はみんな手を挙げて「神風が吹いたからです」と言ったんですね。これが昭和十五年ぐらいの話です。

先生は違うと言うんですね。それでクラス中が困っちゃったわけ。黒板に自分が書いた字を見て考えろというわけ。何を言っても違うと言って先生が跳び上がるから、国語の教科書をよく見たら、船と船が離れてしまわないように鎖でつないであったとあるんですよ。つまり、台風が吹いてきた時に、船と船が鎖でつながれているから船同士がぶつかるんですね。これは神風なんかじゃないんですね。ということを先生は、教室で一時間跳ね回って教えた。

その時私は、ああそうかと思って、「鎖でつないであったからです」と言って、「そうだ」と言われたんだけれども、だから、その時には神風と違うというのは教わっているのに、その後戦争がひどくなっていって、あそこで玉砕――つまり全滅したとか、どこで人が死んだとかという話だけを聞いて、戦争がどんなものかは知らないで、「聖戦で勝つ」とか「神風」とか言われた時に、パッとそれを信じる。おとなたちの都合にうまく乗せられた。そういう意味では子どもなんですよ。その怖さが今の教育の中にもあると私は思う。

北御門　それが怖いですね。

澤地　怖いですね。だけど、十四歳の私が神風が吹かなかったなと思っただけじゃなくて、その時おとなだった人でもそう思った人がある。それぐらい今で言うマスコミ――新聞とかラジオが果たす役割と学校教育というものは大変な力を持つんです。

私は自分の体験を通して、あれはひどいことだったと思います。なんて自分が愚かだったのかと思うけれども、負けたと聞いた時に、神風が吹かなかったと本当に思った。これは作り事でも何でもなく、ほんの二年か三年の差で、しかも私の非常に好きな先生が戦争のために一所懸命になって泣いたりされたことで変わったのです。この先生は軍隊にもっていかれて生きて帰ってはこなかったんです。

戦争は「ノー」

澤地　教科書問題というのが今の日本の社会でもあるのをみなさんも耳にしていらっしゃ

ると思うけれども、今みなさんが手にしていらっしゃる教科書がまったく優れて良き教科書であるかと言ったら、絶対そうではないと思います。「検定」のもとにいろいろと削除をされたり、歪めて書かれたりしていますね。日本の国内でも家永三郎さんが長い訴訟をしてたたかっておられるけれども、日本の政府が直すのは、例えばお隣の韓国や北朝鮮、中国やその他のアジアの、日本の侵略で打撃を受けて大勢の人が殺されたような国々からの抗議があると初めて日本政府はほんのちょっと直す。だから、教科書以外のものを読むことはとっても大事だと思います。

北御門　ほんとにそうです。文部省検定済みの教科書だけじゃ駄目です。あれはむしろ反面教師のつもりで読んでください。あの中にはむしろ不純なものがたくさんある。そういう意味で、副読本でもいいから『イワンの馬鹿』とか『子供の知恵』とかを読んでもらいたいですね。

子どもたちに『イワンの馬鹿』を読まれたら困るという人種がいるんですね。いますよ。偉い政治家はみんな嫌います。文部省の役人も大体嫌う。だけど、嫌ったっていいんです。『イワンの馬鹿』のどこが悪いからあなたたちは読むなと言うのですか、と開き直ってごらんなさい。誰も言えないから。そういう意味で、みなさんも先生方と一緒に副読本ででも読んでもらえればと思います。

澤地　もうひとつ近いところで言いますと、私はミッドウェー海戦という、昭和十七年の六月に戦われて、日本が致命的に負けた戦のアメリカと日本の両方の全戦死者を調査したんですけれども、今年の六月五日はミッドウェー海戦からちょうど満五十年でした。その六月五日の午前零時何分か午前一時何分かに、参議院の特別委員会でＰＫＯ法案はわけがわからないうちに通過したんです。

私はミッドウェーの海へ行きましたけれども、五千メーターあるいはそれ以上ある深い海で、一体のあるいは一片のお骨も上がってこないほどの深い海です。その海の底に自分と同じような貧しい家に生まれて、そして何とか親たちの暮らしを楽にしたいと思ってわざわざ海軍へ志願し、志願して三日か四日は枕をかぶって家が恋しくて泣いたという日本の幼い水兵や、苦学して大学へ行って、みなさんもよく知っている「ダニー・ボーイ」という歌が好きでバリトンのとてもいい声をしていたというようなアメリカ青年など、日米の戦死者が眠っている。アメリカと日本、敵と味方として戦っているけれども、重ね合わせたら非常によく似た男たちが、今は分けようもないお骨になって沈んでいます。

日本側のいちばん若い戦死者は十五歳です。十五歳で戦争の地獄を見せられて、そして絶対に帰ることがない、浮くことのない海の底に沈んでいる人たちの死から五十年目という年にPKO法が成立したことを、みなさんには覚えておいていただきたいですね。

アメリカ側のいちばん若い戦死者は十七歳です。アメリカは十四歳、十五歳の子どもは採らなくて、もう少し年齢制限が高かったので十五歳、十六歳の子はいないけれども、日本は満十四歳で志願して、十五歳で死んでいった。それこそ人を愛することも、あるいは失恋をすることも知らない、人生のほんの入り口で死んでいった子どもたちが含まれて帰ってこないんです。

そして残された両親とか妻とか遺族の悲しみは時間がたっても、四十年たっても五十年たっても消えていかない。日本とアメリカとはまったく同じように似ています。アメリカ人だから悲しんでいる、日本人だから悲しんでいるというのではなくて、本当のまったくそっくり同じようですね。

そういう意味では私は、やってきた仕事を通しても、戦争に対して「ノー」と命がけで言わなきゃならないだろうという人間にとうとうなってしまったと思います。それが今から四十七年前の八月十五日に、ああ、神風は吹かなかったと思い、それまでは何とかして戦争に行って死のう、死ななければ申しわけないと思っていた人間の行き着いた場所です。

憲法第九条と自衛隊

北御門　みなさん、憲法九条はどういう文章か知ってますか。「陸海空軍その他の戦力は、これを保持しない。国の交戦権は、これを認めない」ですね。

敗戦後、議会でその案ができた時の総理大臣は吉田茂さん。その時に共産党の野坂参三さんが「自衛のための軍隊も認めないのか」と追及しているんですね。それに対して吉田茂さんは、「昔からみんな自衛のため自衛のためと言いながら侵略戦争でも何でもやっている。だから、今度の日本の憲法は自衛のための軍隊だって認めないんだ」ということをはっきり答えています。

それがだんだん嘘から嘘を積み重ねて、あんまり嘘が重なると嘘が本当みたいになってしまう。初めから嘘の塊ですね。だから、ＰＫＯは出すべきか出すべきじゃないかじゃなくて、初めから自衛隊の存在自体が憲法に違反しているんです。これは前提を無視した先のことです。ぼくは馬鹿馬鹿しくて仕方がなかった。政治家というのはいかに嘘つきかということですね。

これは笑い話だけれども、嘘のコンクールをやろうとしたんですね。上手な嘘をついたら賞品をやると。ただし、政治家は駄目です。プロだから。これは笑いごとじゃなくて、本当にそう。

どんな人生を選びとるか

澤地　国民の三大義務を北御門さんが説明なさったけれども、日本国の男子は満二十歳になったら必ず徴兵検査というのを受けなければならなかったんですね。検査は非常に屈辱的だそうです。女の私は経験してないけれども、M検というのは非常に屈辱的で、ともかく動物レベルで体を調べられる。ある身長、ある体重、それから結核のような伝染性の病気、性病などがなくて、鉄砲の引き金を引く指がちゃんとあるような人は大体甲種合格になるわけです。

戦争でない時代には全部が軍隊に入らなくて、ある必要な人数だけが軍隊に行くんです。でも、ともかく入営を命ずと言われたら断れない。それを断れば徴兵拒否になる。戦争がどんどん負けがこんでくると、足りなくなったわけです。徴兵検査の判定は甲、乙、丙とあるんですね。例えば石川啄木なんかは丙です。体格が貧弱で、痩せていて、小さくて。この人は、お国の方でお前のように体の貧弱な人間は要らないといって軍隊に採らなかった。その石川啄木でも、この前の戦争の終わりには採られますね。男子をすべて根こそぎ持っていったんです。でも、男がみんな軍隊に持っていかれちゃったら、例えば軍需工場などで人手が足りなくて困るでしょう。今度は女の人たちを挺身隊とか勤労動員という名目で使う法律ができ、義務になるわけ。

誰でも、遊んで家にいることは許されないんですね。だから、みんな名目だけでもどこかで働いている。ある年齢以上の男も女も全部軍隊にいるか働いていたのが戦争末期です。私は十四歳でしたからまだその年齢に達していないけれども、どうしたかというと、女子どもと病人しかいない開拓団へ行って百姓をやらされたし、陸軍病院三等看護婦見習いというのもやらされたんです。

軍隊に行くことだけじゃなくて、そういう動員に対しても拒絶したら、その社会の異端者としてただではすまない。徴兵拒否を貫いて獄死をとげた人がありました。「ものみの塔」というキリスト教のあるグループの人たちが死んでいます。つまり命がけにならなければ、「私は軍隊にいくのはいやです」と言えない社会が今から四十七年前まであったのです。

徴兵を拒否するということ、あるいは徴兵検査を拒否するのは、お上に盾をつくということね。封建時代もお上は怖かったのですけれども、明治以後、とくに昭和へ入ってからの天皇制はひどいものです。治安維持法という法律があって、最高刑は死刑です。だから、命がけでやらなければできないですね。たとえ殺されても、戦場へ行って殺すよりいいという覚悟がなければできないのが徴兵拒否です。

事前に知った徴兵検査の日に出頭しないで、その日身を隠している。北御門さんはそのようにして徴兵検査を拒否して、検査が終わってしまった時に見つけ出されて、お母さんに連れて帰られるわけです。そして引きずられていって、北御門さんは検査官の前で、私は自分の信念で人殺しの軍隊に入らないと言おうと思われるんだけれども果たせない。

検査官のほうが賢いというかずるいというか、そういう異端者が出たら、「私も徴兵拒否する」と言う人がさらに出てきかねません。だから、北御門さんを一種の精神病の患者扱いにして、もうあんたはいいということになっちゃったんですよね。

北御門　ぼくを精神病患者扱いしたんですね。

澤地　おとがめなしであったこと、あの時に帰れと言われた時、なんでもっと自己主張しなかったかと思われたことが、今日の北御門さんを形づくっているんだろうと思いますね。

北御門　その後もいろいろ苦労しましたから、こんな苦労をしないですむのなら、あの時バーンとやられたほうがよかったかもしれないなんて思ったりしましたけれども、やはりぼくには「翻訳しろ」とトルストイが命令したんだろうと思います。そして日本民族とトルストイの作品とをつなげなさいという使命を与えてくれたと思いますね。だから、命は助かったのはよかったのかなと、今は思います。

澤地　湾岸戦争が具体化して日本がどうするかということが問題になり、自衛隊が出るかどうかということになってから、この一年間に自衛隊員が一万三千人辞めたんだそうです。自衛隊の人も、戦争に行って殺し合いをすると思わないで入った人がいるわけね。受験に失敗したり、家が貧しかったりしてね。だけど、いよいよ下手したらやられるかもしれないということになって一万三千人が辞めた。今も自衛隊法という法律があって、その法律が決めている定員というのがあるんですね。でも、定員が足りないんです。だから、自衛官になりませんかというポスターをそこらじゅうで見るでしょう。なんと皮肉なことかと思うけれども、地方の町村へ行くたびにたくさん見る。東京のど真ん中に自衛官募集のポスターはあんなに貼られてないんです。これもごまかしですけれどね。

でも、国際協力という名の下に出て行くことになった。出動要請の人員がそろわなくなるかもしれません。そうしたら、足らない人数をどうやって集めますか。

すぐそうなるとは言えないけれども、将来、悪くいった時の可能性として、日本に徴兵制が持ち込まれる。しかも、今の憲法の前文と九条がありながら自衛隊という世界屈指の、たぶん二番目か三番目ぐらいの戦力の軍隊ができてしまっているように、なしくずしのかたちで徴兵制が復活する可能性があります。

でも、そうならないようにすでに社会人である私たちは一所懸命がんばっているわけだし、それから死刑廃止のための運動をアムネスティなどが中心になってやっているように、かつての戦争中ほどひどいことが日本の社会にそっくり再現されることはないと思う。

みなさんにはまだ選挙権すらないし、親がかりでもあるけれども、みんなが努力をしなかったら歴史はくり返しますね。はっきり言って、一九九二年という年にターニング・ポイントを曲がったんです。だから、良くも悪くもどっちへ行くかは、やはり私たちの努力しだいだと思う。

北御門　ぼくの場合は、兵役をいやだと拒否した人があまりに少なくて、孤立無援でした。それで戦争が勃発して、「勝ってくるぞと勇ましく」というような時代だから、これは殺されるんじゃないかなと思って……。どうなるかわからないんです。どういう運命が待ち構えているかわからないけれども、私の道義的な立場としては拒否すべきだと。拒否したらどうなるか、これはわからない。しかし、拒否すべきだということはわかる。わかっているから、どうしても拒否する。その結果、銃殺か絞首刑かわからないけれども。

どういう態度をとればどういうことになるかということは人間にはわからない。ただ、人間としてこういうことをしちゃいかんことだ、これはいいことだということだけはわかるはずです。ですから、権力者から命令を受けて「はい」と言って、恨みも何もない人間と殺し合いに行くことはいけないことだと。これは死ぬよりもいやですね。死ぬよりもいやだということをトルストイからたたき込まれました。

今は何だかんだ言ったって、「いやだ」という人はたくさん出てきますよ。ぼくは孤立無援だったけれども、これからはたくさん出てきます。ですから、一緒になってそんなことはいやだと。

私は、トルストイをぼくの翻訳で読む読書会をやっています。その中でぼくは、相手を殺さなければこっちが殺される、向こうを殺すか自分が殺されるかの二者択一を迫られた時、あなたたちはどうしますか、人殺しになって生き残りますか、殺されて死んでいきますか、と問いかけます。トルストイを一緒に読んだ人たちは、「人殺しになって生きるよりも殺されよう」とみんな言ってくれました。トルストイを読んだからですね。そういう意味でも、本当の書物がどんなふうに人間に働くかがそこにあります。

あなたたちみんなが「いやだ」と言い始めたら、権力者はどうにもならないと思います。だから、若い人たちこそ勇気を奮って「いやだ」と言ってほしいのです。少なくとも人間のすべきことじゃないんだから。「いやでーす」と言っていただきたいというのが願いですね。

澤地　それと北御門さんが徴兵拒否された時代と戦争の武器が質的にまるっきり変わったわけですね。核兵器が使われたら、それは敵だと思っている人たちを殺傷するだけでなくて、風は地球を回っているわけだから、自分の家族にも及びます。そういう意味でも、もう戦争ができないような状態にまで兵器の開発が進んでしまっているから、もっと知恵を集めて国連なら国連という組織で、戦争という手段でなくて知恵を集めて戦争を避けながら、それぞれの国がどうやって仲良くやっていけるかを考え合わなければいけないと思いますね。

例えばアフリカとか、発展途上国のアジアで飢え死にしていく子どもたちをみなさんもテレビなんかでよく見ていると思う。飢え死にするだけでなくて、いい水の不足や、予防注射ひとつないために赤ちゃんが死んでいく。すごい死亡率。

日本は逆に小学生が成人病になる。なぜかと言ったら、栄養がゆきわたりすぎて、高血圧だの糖尿病だの脳卒中だのを起こしている。こういうのはおかしいでしょう。だから、自分たちのこの豊かさに疑問を持ったほうがいいです。

進学競争の中から降りられないで、みんな苦しいだろうと思うんだけれども、その進学競争の最終目的は、勝ち残ってピラミッドの上のほうに入っていくこと、権力だとかお金とかを手にすること。これは残念ながらあなたたちが考えたんじゃなくて、あなたたちの親御さんや祖父母にあたる人たちが、自分が貧しかった体験からそう思っているのね。そうすることがあなたたちの幸せだと思っているんだけれども、でも、落ちこぼれていく高校生や、家庭内暴力や、自殺する子どもたちのことを、今年は新聞・テレビがずいぶん取り上げましたね。これは、もうやり切れない、受験戦争ではとても生きていけないと思っている人たちの悲鳴というか、SOSじゃないかと私は思っています。

確かにお金があればすべてのものが自由になって買えるようにみえるけれども、死ぬ時に持って行けないじゃありませんか。どんな大金持ちだって一円も持って行けない。死ぬ時にふり返って、自分の人生は本当に後悔がないと思って死んでいけるのか、もっと違う生き方もあったんじゃないかと思いながら死んでいくのかという違いがあると思う。

あなたたちは私の孫ぐらいの世代です。どういう人生を選び、どういう役割を世の中で果たしていくかによって、あなたたちがどういう人生を生きられるかという答えを自分たちでつくっていく若い世代なんです。

二十一世紀にどういう日本になるかということを決める鍵はあなたたちの手の中にある。だから、なるべくいろんな人の意見を聞いたり、それから古典として残っているものの中にあるたくさんの知恵から学んだりしていってほしいと思っています。

（一九九二年八月六日　熊本県の中学校の生徒会役員を前にしての対話）

II

徴兵拒否　非国民と呼ばれて

徴兵検査拒否――天皇制国家への叛逆

澤地　「大事な大事なエンマ・ミハイロウナ様
私はかねての信念に従つて兵役を拒否します。私が戰爭と云ふ名の殺戮をいかに惡《にく》んでいたか、あなたもよくご存じでせう。たぶん私はまもなく投獄されると思ひます。当分、あるいは永遠に、お便りを差し上げることも頂くことも出来なくなるかもしれないと思ふと胸が痛みます。でもどうか私の信念が挫けないやうに祈つて下さい。私もあなたの幸福を生ある限り祈り続けませう。仁慈の神が、いつもあなたと共にましまさんことを！
あなたの忠實なしもべ　ヤーコフ・ミハイロウイツチ・北御門
ほぼかういつた意味の文面だつた。書きながら、そして書き終えて、私は声を忍ばせて泣いた。」
（原文のまま。適宜ルビを付し、句点を補った。―編集部）
というふうに文章は続いていますけれども、このヤーコフ・ミハイロウイッチ・北御門というのは？
北御門　ぼくはギリシャ正教の洗礼を受けさせられてヤーコフというクリスチャン・ネームをもらったのです。ミハイロウイッチのミハイロは父親のクリスチャン・ネームで、「ミハイロの子ヤーコフ」というのがヤーコフ・ミハイロウイッチです。母親も洗礼名をもらっていました。
澤地　敬愛する女性へのこういう手紙を書き、いよいよ決意したわけですね。そしてすぐに実行に移した。徴兵検査の日は行方不明のまま過ぎる。親元では大騒ぎになっている。すごい騒ぎになっていたのですか、その日にいないということで。
北御門　騒ぎになりましたね。山狩りが行われたそうですから。
澤地　どこかに隠れていると思って。もう大騒動ですね。
北御門　それで警察から親父に「早く捜し出してこい」とか言ってきた。「お前の息子を出頭させろ」と。親父に対してもやはり追及があったそうです。
澤地　そうですか。そして徴兵検査当日を過ぎた時点で、もう事は成就と思って母方の叔父さんのところへ行かれた。このころはほとんど眠っていらっしゃらないみたいですね。
北御門　はい。鹿児島にいたです。最初鹿児島にいて、そこから熊本の叔父のところへ行きました。その鹿児島にいる時、何日に帰って来いという連絡が必ずあるだろうとぼくは予想していました。そしたら案の定ありました。

そんなある日、ぼくのことを思って、鹿児島の叔母が映画に連れていくのですね。『オーケストラの少女』でした。主演はディアナ・ダービン。その彼女が椅子の間にこうやって身を潜める場面があるのですが、その場面をちょっと覚えているだけで、後は何が何やらわからないです。頭の中は「明日の計画、どういうふうにしたらいいか」と思い、いろいろ考えて。

4歳で受洗したころの著者と母

澤地　物を食べても味はないし、ほとんど食べられない。

北御門　そうです。それで痩せて食欲もない。眠られもしない。考えてみるとつらかったのでしょうね。

澤地　そして結局はお母さんが迎えに来られて。途中で死のうかと思われるけれども、親元に帰って来られ、指定日より遅れて検査場へ行く。そして兵役には関係なしと言われる。北御門さんとしてみれば、肩すかしを食うような結果に終わったわけですね。その時どんなお気持ちだったか日記に書いていらっしゃいますね。

その運命的な日が過ぎた後の四月二十四日と四月二十五日の日記（87～91頁）に決意もありますね。あの時になぜ言わなかったのだろうかという後悔、自分を責める気持ちもおありになるし。それからやはり親御さんに対する気持ちもありますね。それをみな書いていらして。この二日間の日記というのは、どのようにして一人の青年が拒否の姿勢を貫き、その後どのような時を過ごしたかということがとてもよくわかります。

徴兵拒否をしようという信念を持ち、しかし、遅れたけれども検査には行かざるをえなくなって検査へ行き、兵役には無関係という宣告を受けて、ともかく初志は貫かれたわけだけれども、その後の気持ちというものはどうですか。

北御門　その点は日記に正直に書いているんですけど、やっぱり後味の悪いものが残ったですね。もう少しきっぱり、ぼくは殉教者になると思ったんですよね。どんなかたちで殉教者になるんだろうかと思ったんだけれども、結局殉教者になれなかった。殉教者の冠をかぶることはできなかった。

澤地　荊《いばら》の冠は来なかったのですね。

北御門　ええ、それで拍子抜けしたんです。もっと毅然とした態度で臨めば、あるいは向こうももっと厳しい態度で出たかもしれないけれども。もう少しきっぱりと自分の反軍思想を、戦争を否定する思想を述べるべきじゃなかったか。

しかしまた同時に、自分の器量としては、あれくらいがちょうどいいという天の配剤じゃなかったかという気持ちもありました。つまり、人類が戦争をやめるような、殺し合いなんてことは絶対しないような世の中を完成するために、これから生涯を捧げていこう、そういう気持ちでした。

澤地　戦争中、信仰上の理由、あるいは思想上の理由のどちらかで徴兵拒否をした人は、多くはないけれどもあって、その中には獄中で死んだ人がありますね。北御門さんは命を問われるというかたちでの徴兵拒否にはならなかったけれども、ともかく軍隊には行かないという志は貫いた。だからといって、自分は信念に生きたという意気軒昂たる、というわけにはいかなかったんですね。

北御門　そうです。意気軒昂というわけにはいきません。もう一歩踏み込んで、毅然たる態度でやればよかったなあという思いでした。

澤地　どこかで充たされる、充足されるものもある。しかし……。

北御門　自分の力に応じたことを精いっぱいやったんじゃないか。私の力量としては、あれが精いっぱいだったんじゃないか。そういうことで、自分の力に応じたことを目いっぱいやったんじゃないかな。あれ以上のことをやれば、ぼくは自殺したかもしれないから。

澤地　自分という人間を生かしてやろうと……。

北御門　はい。ある程度のところで生かしてやろうという天の意思じゃなかったかな。そんな気持ちですね。

澤地　そうして北御門さんは、生活者としてこの農村の生活に入って来られるわけですね。日本の世相全体は戦争への傾斜をもっと加速してきて、日中戦争だけではなくて、世界中を相手にして戦争をするようになった。湯前も湯山も大勢の人が赤紙が来て軍隊へ連れていかれましたね。戦死された方は多いですか。

北御門　そりゃあ多いです。出征する時は、いつも送るための宴会があるんです。ぼくもやっぱり呼ばれて行きました。呼ばれて行くと、柳の枝に「英鬼」とか「米鬼」とか勇ましい短冊をつけている。それを持って出征兵士を送るんですね。それなんかをぼくに書いてくれと言うので、ロシア語で書いたんです。「ダロイ　ミリタリズム」と。

澤地　軍国主義反対？

北御門　「軍国主義打倒」ですね。それを持って出征していきました。
澤地　誰もわからなかった。
北御門　わからないです、知らないから。ロシア語で書いたのを喜んで持っていったです。
澤地　それはすごい。そうですか。
北御門　その人は生きて帰ってきました。
澤地　生きて帰ってきましたか。

《一九三八（昭和十三）年四月二十四日の日記》

事件がこんな風な結末を取らうとは夢想だにしなかつた。泰山が鳴動して飛び出したものは鼠が一匹だつた譯《わけ》である。炯眼《けいがん》な当局が、今度は私の行動が明らかな兵役忌避の意思表明である事を見抜かぬ筈はなく、そして実際私は口に出してそれを云はうとしたのに、まるで一言も云はせず病人として扱ひ病人として釈放したのは一体何故であらう。役場からの内申がどんなであらうとも、私が別に精神異常を来して居る譯でもなく、筋道の通つた、こよなく熱狂的な反戰主義者である事が徴兵官にわかつて居なかつたとはどうしても考へられない。一言訊問するの労を徴兵官がとればよかつた。さうすれば私は私の良心に依つて答へたであらう。その結果は嫌でも徴兵官は私を兵役忌避者として、不逞なる反軍思想の持主として扱はざるを得なかつた筈である。それは私にとつては恐ろしい事だつた。が同時に又喜ばしい事でもあつた。それが恐ろしい事であるにしろ、喜ばしい事であるにしろ、義務は果たされぬ譯には行かなかつた。私は全てを殉教者の苦悩と法悦とを以て迎へようと決心して居たのである。だのに何たるあつけない結末！　私の鹿兒島行きが故意による徴兵検査からの逃避行である事を述べようとしても皆は耳も藉《か》さなかつた。彼等が私の事を神經病患者かの如く耳打ちするのをきいた時、名状し難いはずかしさと情け無さが私を襲つた。そして傷つけられた自尊心が胸の奥底で外からは聞きとれないうめき声をあげた。私が何か一言でも言ひ出すや否や「そら〳〵始まつた」と皆が好奇と嘲笑の眼を私の方に向けさうに思はれた。でその瞬間私は全てを彼等のなすが儘《まま》に任せ問はれる事以外は一切語らない決心をした。その後の私は小年（ママ）の様に従順だつた。だがいずれ徴兵官の訊問の時小年もその本体を露《あら》はさねば済まねであらう。恐怖と、傷つけられた誇りを贖《あがな》ひ得る唯一つの残された機会への悦《よろこ》ばしい期待との相半ばした感情で私はその時の到来を待つて居た。だのに徴兵官はその唯一の機会をさり氣なく私から奪ひ去つて仕舞つた。恰《あたか》も私が如何なる妥協をも肯《がえ》んじない頑固な非戦論者である事を毫《いささか》も氣付かぬ者のごとく、「体はいゝ方かね」とか「家で何して居るかね」とか訊《たず》ねられただけで「じや君は兵役には無関係にしとくから、あそこであぐらでもかいて待つて居たまへ」と云われた時、混沌が私の感情を襲つた。安堵、失望、屈辱……引きさがつて徴兵官の眞正面に坐つた時、言ひ知れぬ涙が胸許からこみ上げ両眼から溢れた。（中略）

さもあらばあれ事はこゝに一段落を告げた。苦しかつた闘ひは一先ず終つた。母の心痛にやつれた顔を見、父の絶望にあれ狂ふ声を聴いて、身も靈も置き所なく感じた苦悩の日々も最早や思出になつて仕舞つた。私に歯を喰ひしばらせた殉教者の心構へもその目標を失つて仕舞った。あと口の悪い物を食べさせられた時の様な屈辱的な自嘲的な感情が侘しく胸に残つて居る。だが全ては神の欲し給ふ様になつて行つたにすぎないのだ。これ以外の如何なる行動が私にとれたであらう。神よ我れ罪人を憐れみ給へ。我に力を給へ。

《同年四月二十五日の日記》

「兵役には無関係にしとくから」と云はれた時「私は始めから貴方なしでも兵役には無関係です。何故なら爪の垢でも兵役と関係させらるゝよりも寧《むし》ろ死を擇《えら》ぶでせうから」と昂奮して答ゆべきであつたらうか。それともやはりあゝしておとなしく引き退つたのが穏当であつたらうか。兵役忌避の意向明らかな私を去り気なく釈放したのは先方の譲歩だつた。だが殺人業に従事したくない私がそれに従事しない権利を得るためには徴兵官からの許可が必要である事を是認するものゝ如く振舞つたのは私の方からの譲歩であつた。先方の譲歩にも拘らず私自身は一寸の譲歩もなく徴兵官に対すべきではなかつたらうか。でも私はあの時あれ以外の態度をとる事は出来なかつた。私自身出来れば苦い爵《さかずき》を飲みたくないと云ふ臆病な氣持、事件があまりに芝居がゝる事をはじる氣持、この上母を苦しめたくないと云ふ氣持、徴兵官の好意に充ちた優しさうな眼眸や態度、それらが一緒になつて私の反逆の鼻柱を挫《くじ》いて仕舞つた。私の怯懦《きょうだ》に対しては自ら愧《は》ずるのを知らない私ではない。でも矢張りあの時はあゝするより以外に私は何も出来なかつた。若《も》しもあの時徴兵官が威高気に訊問して呉れたら万事はうまく運んだであらう。取り乱し乍らか、平静にか、昂奮してかいずれにせよ私は自分の思ふ所をありのまゝ答へたであらう。そして今頃はもう殉教者の悲哀と歓喜との中にひたつて居る筈だつたのだ。だが事は意外な方向にそれて行つた。肉体の苦悩を通じて靈の国に奉仕する筈だつた私の唯一の機会も去つてしまつた。恐らく十字架を負ふて基督のみあとに従ふにはあまりに力弱い私を神が憐れみ給ふたのであらう。でも私の義務は以上の全てにも拘らず依然として殘つて居る筈だ。私が生を終ふる最後の日まで、人類から軍隊を駆逐し、一切の暴力や欺瞞と闘ふために心を盡《つく》し、霊を盡し、力を盡し、意を盡すと云ふ。

（原文のまま。適宜ルビを付し、句点を補った。――編集部）

勤労動員拒否――反戦姿勢の完結

澤地　北御門さんは、絶対にいつもどの戦争も悪。ことに日本があの時やっていた戦争というのは、もうまさに、その悪の中でもさらに重たい悪であると思っていらした。けれども、ごく身近な、よく知っていて愛し合った人も死んでいく。それから、未知の親しくなれたかもしれない人たちもたくさん死んでいって、具体的には喜ぶべき答えは何もない。

それから、日本人だけが死んでいったんじゃなくて、殺しに行ってるんですから、向こう側には日本人によって殺された人がたくさんいるというような、そういう狂気の時代を生きていらして、その世相と自分の人生をどんなふうに考えていらっしゃいましたか。

北御門　ぼくはトルストイに出会うことによって、世相というのはみんな滅びの道を行くものなんだと。滅びに入る門は広くて、その道は平坦で、そこに入る人は多いというイエスの言葉を思いました。

私の周囲には、私と一緒に兵役を拒否してくれるという人はいませんでしたが、「内に省みてやましからずんば、百万人といえども我行かん」という言葉があるように、私はもう百万人がそこに行っても俺はいやだという気持ちでした。

澤地　そういう気持ちがいよいよ強くなっていく、という感じですか。

北御門　そうです。それはただただもう強くなるばかり。木がだんだん生長するように、絶対的非暴力の世界というものを求めていくという姿勢は強くなるばかり。

澤地　私が戦争というものはこういうものだったのかと、目が覚めた思いにさせられるきっかけのひとつは、映画『きけわだつみの声』でした。つまり私は、みんな本当に喜んで死んでいってるんだと単純に思ってましたから。だけどそうじゃなくて、戦争を疑い、殺したくもないし、殺されたくもない人たちが死んでいったのかと、初めてそこで気がついたんです。『きけわだつみの声』に収録されている多くの遺書などは、大学に縁のあった学生たちのものです。大学生には徴兵延期の恩典があって、二十歳を過ぎていても徴兵猶予がありましたけれども、一般の人たちにはそんな恩典はなくて、二十歳で、後には十八歳に年齢が下がったかと思いますが、待ったなしに徴兵検査を受けて軍隊へ行きますね。

わかっていても、自分の意思を貫く勇気がなくて戦場で死んだ人もある半面、国とか軍隊とか戦争とかを考える機会に出会えなかった人がある。戦争について過去の優れた人たちが言っていること、戦ってはいけないと言っていることなどまったく知らないで、死にたくない、生きて帰って家族と会いたいと思いながら無残に死んでいった人たちがたくさんあると思うんですね。日本の教育のレベルと日本のあの教育環境を考えますと、無知なるがゆえに戦争へ行って死ななければならなかった男たちがたくさんいると思うんです。

玉砕したというようなニュースがしきりに届いてくる時、その死んでいった者たちに対して北御門さんはどんなお気持ちをお持ちでしたか。

北御門　そりゃあかわいそうと思いました。もう本当にかわいそうだと。死んでもいいことのために死んだのではなくて、人間としてまちがった命令には服従しない義務があるのに、その服従しない義務を履行しないで死ぬというのは、もうかわいそうの一語に尽きますね。そういう意味では、昭和二十年にはぼくの苦しみもなくなっていたのだから、その人たちを本当にかわいそうだなあと思ったり、がんばっていやだと言えばいいのに、ぼくと一緒になっていやだと言ってくれればいいのにと、そう思いました。

澤地　戦争が終わってもうそろそろ五十年に近づいてきていますが、日本人の歴史を振り返りますと、とくに明治政府になって以後、さらに昭和になって以後、お上、つまり政府の言うことは絶対という考え方になっていきましたね。それに従わない自由ないしは権利があるなどという思想・考え方があるなんて夢にも思わない人が過半数を占めていた社会じゃありませんか。そんなことよりも、服従しないことの怖さは骨身にしみて知っている。そして現世では、働いても働いても楽にはならない。自分が軍隊に行った後に残った親だの妻だの子だのは、どうやって食べていくだろうかと思って、本当に泣く泣く行った人たち。そういう人たちがたくさんの文章を残しています。無名の兵隊さんですけど、召集されてゆく時、必ず帰ってくると言った人もいれば、自分が死んだらどうか貞女は二夫にまみえずなどというこことで後家を通したりしないで、結婚して幸せになってくれと言って行った人もある。死を予感してのつらい別れです。

しかし、必ず帰ってこようと思っていて帰ってこられなかった戦死者を仕事のうえで知ってみますと、日本という国の持っている本質的な、歴史的なむごさというものを考えてしまいます。私はその人たちが無知で勇気がなかったという前に、知る自由すらない、知らなければならない何かがあるということすら知らない状態に日本人は置かれていたことを思って、なんてむごいことだろうと思います。

仕事をしていて二十四歳で戦死をした人の手紙なんかを見ていると、今もいたましくて夜中に一人で泣いてますけれど。

北御門　私の友達もずいぶんと死にました。医者の卵やインターンになってこれからという時に呼ばれて死んでいったり。そういう意味で、何が真実かということを学んでもらいたいと思うんですね。

澤地　昭和十三年、つまり日中戦争開始の翌年、検査当日に身を隠す手段を選んで徴兵検査を拒否された。これは当時、大きな勇気のいる行為だったと思いますが、さらに重い決断をされている。

一九四五年、戦争が終わる年の一月早々、村長名による勤労奉仕命令を拒否されたことです。飛行場をつくるための農民に対する動員への公然たる拒否は、当時の状況の悪さを考えると、徴兵拒否と等しい行為だったと思います。

村長あての書状が日記に残されていますね。

木上〇〇《(ママ)》工事出動の件についての書状拜受。然《しか》し乍《なが》ら、左記の理由により、出動命令に従ふ譯《わけ》には参りません。

小生は精神病患者です。そして、小生の同病相憐れむかのインドのガンジーと同様、左記の如く信ずるものであります。

一、戰爭は如何なる美名を以て粉飾しようとも罪惡たること免れざること。

二、從つて戰爭に加擔乃至《かたんないし》協力することは、極力避けざるべからざること。

三、人から殺されることは罪惡に非ざるも、人を殺すことは罪惡であること　等々。

小生の精神的疾患の徴候は以上の如く明々白々なるものがあります。村当局は宜しく小生の青年時代以来の牢固たる宿痾《しゅくあ》に鑒《かんが》み、精神病患者に憐愍《れんびん》を垂れ、小生が今次出動命令に服し得ざるの心事を諒とせられんことを。

北御門二郎

水上村長殿

（原文のまま。適宜ルビを付し、句点を補った。──編集部）

正気の狂気というべきこの拒絶に、村長以下どんなに困惑し恐れたか、目に見える感じです。北御門さんは妻も子もあり、徴兵拒否の時よりももっと人間として重いものを持っておられる。しかしこの勤労奉仕拒否によって、北御門さんの戦争は悪であり、いっさい荷担しないという姿勢は完結したと思います。

徴兵検査の難関を抜けられて、この拒絶をはさんで敗戦の八月十五日までの約七年間、これは長かったですか、短かったですか。

北御門　長かったです。戦争のない世の中が想像できなかったから。世の中というのは、戦争があるのが普通の状態だという感覚になっていましたから。けれども、最後の結末は、日本の敗戦というかたちで終わるだろうとは思っていました。しかし、原爆投下によって突然来るとは思わなかったです。

村人の怨嗟の中で

澤地　自分は徴兵拒否した人間だというそのひとつのことが心にあって、非常に緊張した、身構えたかたちで世間と向かい合って生きているということではありませんでしたか。

北御門　なかった、それはなかったです。

澤地　日常的なことの中では争いもなさっただろうし、妥協もしなければ生きてこられるような七年じゃなかったと思いますけれども、自分が必死になって貫こうとすることの本質に触れてくるものに対しては、理屈じゃなくて、もう体がそれに対していやだと言われたんじゃないかと思うんですが……。

北御門　そうですね。それでまた矛盾だらけの一生を送りながらも、一本の筋は絶対的な非暴力ですね。殺されることは罪じゃないけど、自分が死なないためには、場合によっては相手を殺してもいいという思想になるということは、魂が死ぬことなんですね。正当防衛だから相手を殺してでも自分は生きようという思想をもつということは、魂が殺されたことなんです。

ですから、自分の中にそういう道徳律を自覚し意識した以上、絶対的非暴力はもう退けない一線なんです。その理念はぼくにとって蜘蛛の糸でしたね。その絶対的非暴力の理念という蜘蛛の糸にあくまでぶら下がっていれば、ぼくのような罪の深い人間でも仏様のところへ昇っていけるんじゃないかと。

この蜘蛛の糸っていうのは、なるたけたくさんで昇るほうがいいんです。なるたけたくさんで絶対的非暴力の理念という蜘蛛の糸にすがれば、その糸はますます強くなると思うんです。ところが世の学者や思想家や評論家はいろいろのことを言っていますが、絶対的非暴力については言ってない。その手前のところでわあわあやっているのが残念でたまりません。

澤地　統治され支配されている側は、いろいろな生き方があり、生き方を選ぶ権利があるということなどはまったく教えられないで、無知のままに置かれている。

しかし、統治する側はものすごく悪知恵が発達していて、隣保組織、隣保班と言ったかもしれませんが、日本中が隣組組織になって、一人も戦争体制の仕組みから外れて生きていくことができないようにしたじゃありませんか。例えば、魚も野菜も全部、そういう組織を通さなければ手に入らないようなかたちで、人々をすべて戦争の網に組み込むようなことを考えますね。あの時代に北御門さんはどう生き抜けられたんですか。

北御門　配給分をもらえるものはもらいますけど、そういう組にはぼくはタッチするタッチの仕方といいますか、ぼくの信念に反しない限りでタッチしないようにしました。戦勝を祈願するためのお参りにも行きませんでした。

澤地　それから、その隣組の回覧板というのがあって、「進め一億火の玉だ」とか「鬼畜米英撃滅」「撃ちてし止まむ」という言葉があったのを思い出しますけれども、そういうスローガンだけでなくて、チョコレートを包んであった銀紙をこんなボールに集めて、つまり飛行機の翼をつくるということを子どもまでやらされましたね、早い時期ですが。それからだんだんと物もお金もなくなってきてからは、愛国機献納っていうのが隣組制度を通して、ほとんど強制的にここでも下りてきませんでしたか。

北御門　あれ、鉄類ですね。

澤地　ええ。寄付のほかに、いっさいの金属回収がありました。

北御門　ぼく、出しませんでした。

澤地　記録を見ますと、こんなに多様な金物があることを役人はどうやって調べたのかと思うほど全部洗いざらい書き出して、全部奉納。結局は屑鉄回収業者にもうけさせたことになるんでしょ。国家総動員法（昭和十三年施行）の適用で、使用中の品々でも、自分の日常品だから出しませんは許さなかったんですね。お釜の代わりに何か陶器のお釜がきたり、伊藤博文の銅像だって陶製の銅像に代わる時代に、北御門さんはいっさい出さず。でも、それで通りましたか。

北御門　ぼくは山の中だったからでしょうね。そして田舎だったからでしょう。ぼくはもうずいぶんわがまま。だから、村の人は、あの人はわがままばっかり言ってると非常に憎んで、場合によってはあいつは殺してやるっていう人たちもいたようです。やられたという噂まで立ったりしました。結局、直接ぼくを殺す人はいませんでしたが。ただ、危害を加えたいと思っている人はたくさんいたようです。何かの折に一緒になると、いかにもぼくを憎々しげに見ている者もいました。でも、暴力を加えられても抵抗しないでいようと思っていました。

だから、よくぞまあ無事に生き残ってきたなと、自分でも不思議なくらいです。警察あたりでもぼくについての調書ができていたということを、その警察に勤めていた人から後で聞きました。あいつは政治運動をしない、破壊活動なんかもしない男ということで、特高刑事が人間的にかわいそうだと思ってくれたんでしょう。

澤地　つまり、北御門さんは意見を変えていないけれども、その考えを周りの人たちに教えて歩いていないと。そういう意味での運動はしていないから免れたんで、もしもそれをやっていれば、国防保安法もあったし、その前には治安維持法もあったし、やったと思うんですね。だけど、だるまさんみたいに自分の信念を守っている人間に手をつけられない。

それにしても、実際に兵役に関係なしということが通った後で、もっとたたかいようがあったのではないかという意味では十分満足しない。そういう意味では落ち込む気持ちもあり、しかし自分に分相応なことであったかもしれないという気持ちもありという、ある意味では矛盾した気持ちを抱えて生活者として生きてこられた。その間、何が一筋の道になったかと言えば、自分はいっさい暴力的なことには荷担しない、非暴力、反戦でいこうという気持ちが一筋の道として残ったという感じを受けますが。

北御門　まったくおっしゃる通りですね。本当におっしゃる通りです。みんなにすまないという気持ちと、馬鹿野郎がというような気持ちと、いろいろ複雑でした。

人と人の殺し合いは愚行だ、こっちは兵役と無関係であれば、悠々と高みの見物といくぞという気持ちまで起きました。そんなふうな気持ちを持ったり、本当にかわいそうだなあという気持ちを持ったりと、いろいろあったです。

一人の百歩か、百人の一歩か

北御門　それにつけても思うのは国家至上主義の悪ですね。その国家至上主義なんてものは、ぼくはもう消えかかっている、弱くなっていると思います。

国家などというものは裁判所だの軍隊だの警察だのの暴力機構の上に立っています。そして選挙制度も、今のようなとにかくもう貧乏人なんか絶対に出られないような仕組みになっていて、お金のある者が国を動かす。国民は、それらのもろもろの機構の上にあるのが国家なんだということに気がついてくると思うんです。

例えば憲法九条の精神にしても、国家というものを超えた視点からでないと本当に育てることはできないし、そういう考え方が国民の間に芽生えていると思います。芽生えていると信じて、そのためにみなさん、精神的に手をつないでがんばろうじゃありませんかということを訴えながら生きたいと思うんです。

澤地　私は国というものは大空があるように、いつもいつもあるものだと思って育ったんです。だけど、当時の植民地の満州で戦争が終わった瞬間に、大日本帝国というものは雲散霧消して、国というのは何の予告もなしに消えるものだということを、私は骨身にしみて知りました。その後、一個人、あるいは一家族単位で生きていかなくてはならないという状況下で一年間難民生活をして帰ってきたわけです。

だから、私にとって国家というものは、人間一般に比べれば非常に比重が小さい。あてにならないと思っている。いつ消えるかわからない無責任なものだという考えは子どもの時にできたと思います。

最近、とくにこの三年間の世界の激動を見ていますと、例えば東ドイツという国はなくなりました。それから驚くべきことに、ソビエト連邦というものすらなくなってしまって、国境のない時代へと向かって――つまり地球はひとつだという方向へ向かって世界は激動しつつあるんだけれども、そうではなくて、ナショナリズムを強化しようという、時代の流れに逆らう動きと両方あると思うんですね。

ごく自然な流れで言えば、国境があるから争いも戦争もあった。だからもう国境は要らない。地球のひとつの生き物という感じになろうという大きな流れの中で、日本の政治はまさに逆で、日本国というものにますますとらわれて、こだわって、国家の強権をさらに強くしようとしている。でも、いくら強くしようとしても、国というものはある日突然解体するものです。そういう意味で、国家は何の責任もとってくれないということを子どもの時に植えつけられた、刻み込まれた。その思いをいよいよ強くしています。それが今の私の国家観ですし、私の生きる姿勢のかなり大きな部分を占めています。

北御門さんに対してこれを申し上げるのは、ある意味で矛盾するのかもしれないんですが、私の尊敬していた人で亡くなられた丸岡秀子さんが、「一人の百歩よりも百人の一歩」という言葉を残しておられる。確かに優れた一人が先へ行って、理想というものを説いてくれなければわからないけれども、しかし、何も知らなかった百人がある自覚を持って一歩前へ出る、百人が一歩前に出るということが時代をよりよく変えていくのだと考えますと、北御門さんは先に行かれるお一人であるけれども、その後から行く百人はやっぱり一歩前へ出なければいけない。そうでないと、百歩前を行く人を見殺しにすることになるのだと思いながらお話を伺いました。

III

わが戦争との戦争

――非戦・反戦としての絶対的非暴力

服従しない義務

澤地　絶対的非暴力、つまり当然そこから反戦、あるいは徴兵拒否ということが生まれてくるわけですけれども、やはり誰かに、例えばトルストイに出会ったというようなことだけでなくて、もっと具体的な、自分の心の中にぐさっと刺さって鉄のとげのように刺さっていて抜けないというような経験、いろいろな人が語っている立派なことや体験を自分の中に定着させるつなぎ目、結び目のような役割をするということがありそうに思うんですけれども。

パリで断頭台で首と頭が離れるところを見たのが『戦争と平和』の主人公ピエール・ベズーホフ――トルストイ自身ですね。トルストイの絶対的非暴力というのは、それまで下地があったでしょうけれども、自分の目の前でさっきまで呼吸して生きていた人間がギロチンで断頭されるということを目撃したすさまじさは、非常に大きなきっかけになっただろうと思うんですね。

北御門さんもずいぶんトルストイといろいろなところで重なるけれども、北御門さんご自身の今までの人生を私が勝手にノートをつくって辿らせていただいて、ああこれかなと思ったのは、ロシア語のためにハルビンにいらした時に、日本軍がやった中国人の殺害写真をご覧になったこと……。それはどういう写真なんですか。

北御門　これはですね、ぼくが下宿した家に日本軍の将校の奥さんとその軍隊に属する料理係夫婦がいたんですよ。ロシア語を勉強しに来たんだから、あまり日本人とつき合いたくないと思いながら、将校の奥さん（中村照子さん）がたまたま熊本出身だったことなどで、時々呼ばれていました。そんなある日、料理係の奥さんがアルバムを見せてくれたんです。その中の写真に、こうして首を挟み切っている写真があったんですね。

澤地　藁切り、押し切りとも言いますね。

北御門　一人はもうすっぱり切られて倒れています。もう一人は今から押し切られるところで、こう顔をしかめているんです。もう首に刃が食い込んでいるんです。それを見た時、本当に何ていう残虐さかと思いました。トルストイのようにギロチンで実際にやられるところを見たんじゃなくて写真を見ただけですが、何たることかと本当に思いました。あれがいちばんショックでした。ぼくは戦地には立たなかったので戦地の無残な姿はとうとう見たことがありませんが、写真でイマジネーションが働いて、戦争とはこれほどまでに残虐なものかと思ったですねえ。

澤地　人間が人間を殺すというようなことは、どんな理由をつけたとしても私は絶対正当化されないと思っているんです。常にいろいろ美しい言葉で正当化されようとするけれど、正当化されませんね。

私の場合はとくに特定の思想家や作家の影響で育ってきた人間ではないんですね。やはり、自分がいかに無知なまま戦争というものをいいことだと思ったかという、その己の愚かさへの恥から人生が始まったと思うんです。十五歳くらいですね。

そしていろいろなことの中で行き着いたのは、大体国家とか権力とかいうものは必ず腐敗して悪いことをする。その悪いことの中の最たるものは戦争。人間が起こさなければ絶対に戦争は起きない。だから私は、国家悪とか権力悪というもの、その延長上の戦争というものを絶対容認しない。

もちろん私は立場の違う人に対してその考えを強く批判するけれども、テロでその人の命を奪うことはできないし、奪えないですね。奪ったら、私が一所懸命掲げてきた理念とか義とかいうものは、それこそまったくゼロ以下のものになってしまいます。

北御門さんが戦争は悪であるとお考えになっていらっしゃるその戦争観、国家観みたいなものをお話しくださいますか。

北御門　人間の中には、自分の隣人にはやさしくしなくてはならないという思いが必ず本来あると思うんですね。ぼくの場合は、それが小学校から中学校まで十一年間の軍国主義の教育によって覆い隠されていたんですね。それを拭い去ってみせてくれたのがトルストイでした。

トルストイに出会ったために、本来あるものがすぐ出てきたと。「隣人を汝自らの如く」とイエスが言っているその言葉の言わんとするところは、イエスの中ばかりでなく、われわれの中にも本来あるんですね。カントの言葉を借りれば「わが内なる道徳律」というものがあるわけです。トルストイによって本来あるものが見えたということで、それ以来ずっと非暴力の理念というのは生涯を貫いたぼくの一本の道でした。

その絶対的非暴力の理念から考えれば、軍隊とか警察とか絞首台とか裁判所とか牢獄とか、それを支える人たちによって成り立っている権力機構は否定されるべきです。人間が人間を支配するのですから。

社会は必要なんです。人間はお互い助け合っていかなければならない。一人ではなかなか生きられない。社会は必要なんだけれど、国家は必要ではない。暴力機構にのっとった国家は必要でない。ただお互いに助け合っていく社会は必要です。NGO（非政府組織 Non-Governmental Organization）でいいと思うんですね。いわゆる政府は悪の根源だから。権力を持ち、暴力機構の上に立った権力機構である国家というものは、存在すべきでないと思います。人類は暴力的手段を使わないで、そういう国家をいつかは打倒すべきです。

そのためのひとつの具体的な方法は、国家が命ずる悪しき命令には絶対に服従しないことです。それをドナルド・サンプソンさんは The obligation to disobey と言っています。服従しない義務があると。よい命令には服従してもいいんです。だけど、まちがった命令には、どうあっても服従してはいけない。それがいちばん実践への第一歩です。

だから、戦争に行けと言われれば「いやだ」、人を殺しに鉄砲を携行しろと言われたら「いやだ」、軍需工場に行って人殺し道具をつくれと言われたら「いやだ」、自衛隊に入れと言われたら「いやだ」と。ひとりでもそう考える人が増えることによって、世の中がよくなります。それを一人ひとりに訴えていくほかはないと思います。

日露戦争とトルストイの態度

澤地　ちょっと話が戻るようですけれども、一九四五年にともかく日本が無条件降伏をすることで第二次世界大戦が終わった後で、戦争中も非国民扱いされた北御門さんに、「お前のような非国民がいるから日本が負けた」と言った人がいるという話がありますね。「非国民」と言われることは、日本人にとってとてもつらい烙印で、それと裏腹の関係で「愛国心」というものを持ち出す。「お前に愛国心はないのか」は、一種の踏み絵として使われることがありますね。それについて日露戦争の時にトルストイが言った言葉というのはとても示唆深いという気がいたします。

北御門　アメリカのカリフォルニアのジャーナリストに問われて答えた言葉です。

澤地　一九〇四年というのは明治三十七年ですから日露戦争が始まって、トルストイはもちろん戦争反対。それから日本側もそれを受けて平民新聞が非戦論をかかげるというその時に、トルストイが答えたのは、「私はロシアの味方でも、日本の味方でもなく、それぞれの政府によって欺かれ、自分たちの幸福にも、良心にも、そして宗教にも反して戦争に駆り立てられた両国の労働者のみなさんの味方であります」。

「非国民」とか「愛国者」とかという言葉を踏み絵にし、どすを突きつけるようにして「お前は何だ」という人たちには、このトルストイの言葉をもって私も答えたいと思うんです。

それからこれは北御門さんの十八番を奪うみたいですが、なるほどと私が思ったトルストイの言葉のひとつは、「戦争は、人々がいかなる暴力行為にも参加せず、そのために被るであろう迫害を耐え忍ぶ覚悟をした時、初めてやむ。それが戦争絶滅の唯一の方法である」と。これは、この文章が書かれた時から時代が何十年たったとしても、やはりそういう覚悟がない限り戦争はくり返されるだろうという気持ちがありますか。いかがですか。

北御門　おっしゃる通りです。それをおっしゃっていただくのは、うれしくてうれしくてたまりません。トルストイがそんな返事をしたということを、日本の歴史家が取り上げて教科書にも入れるべきですよ。そんなことは全然入れないでしょう。文部省もそんなことをひた隠しに隠すわけでしょう。日露戦争の時にはこういうことがあったんだという事実を学校の先生が勇気を奮い起こして説いてくれればいいなと思うんですね。

なぜ人を殺してはいけないか

澤地　それから、さっきの「愛国心」に直接答えているような言葉がやはりありますから、ここは北御門さんに読んでいただいたほうがよさそうです。

北御門　読んでみましょうか。「自分の祖国への愛情は、家族への愛情と同様に人間としての自然な性質であるが、それは決して美徳ではなく、それが度を越して隣人への愛を破壊するようになれば、むしろ罪悪と言わねばならない」。

このことをトルストイは晩年にいろんなかたちで説いています。やはり何と言ってもトルストイがいちばん心を込めて説いてきた中心は、無条件の絶対的非暴力です。

なぜ人を殺してはいけないか。いけないからいけないんだと。理由はない。いけないからいけないということは、あなたたちの心に書いてあるじゃないですか、あなたの心にはそう書いてありませんかと言われれば、誰だって「ああ、書いてあるな」と思うのが人間だと思うんです。そのことをトルストイは一所懸命訴えた。私もまったくそうだと思います。それひとつを貫けば、いろいろなものがそれと併行して解決していく。環境破壊の問題にしても、戦争がなくなれば大部分解決する。

澤地　戦争がいちばん環境を破壊しますからね。

北御門　戦争が起こったらもうひどいでしょう。起こらなくても、演習しただけでどれだけのお金を使い、環境を破壊し、人間の心をすさませるか。ですからぼくは、みんなが心を込めて、無条件の絶対的非暴力の立場に立つべきだと思います。すると、そんな無条件、絶対的非暴力なんて言っていて、ほかの者が暴力をふるえばだめじゃないかという反論が出ます。そうじゃなくて、そんなことはわからないんだと。非暴力の理念を徹底的に追求していけばどういう結果が自分に生じるか、それはわからない。だけど、絶対的な非暴力の理念を追求していくべきだから、どんなことがあったって暴力行為に荷担すべきではないんだ、ということなんですね。殺し合ってはいけないんです。あらゆる人殺しの道具は廃棄するところまでいかないと中途半端です。

澤地　ともかく、まず兵器をつくることを即時やめることと、売買することをやめることですね。完全封印が必要なんです。だけど、軍縮とか核軍縮とか言っていますけど抜け道だらけで、そして紛争が今も起きている。また、紛争の火種があるところへどんどん武器を売っているじゃありませんか。それでもめごとが起きたら、国連平和維持協力軍という名目で入っていって、あろうことか武力介入をする可能性さえあるんですよね。

こういうふうに歴史が人々の願いを裏切って、逆転して、またもう一回くり返しそうになる今のこの時点で、この現代の状況とこれから先のことについてどうお考えですか。

北御門　私は死ぬまで罪滅ぼしの意味でも、これでもかこれでもかというくらいに、機会が与えられれば訴えたいと思います。これはもうトルストイを翻訳することと、トルストイを読んでもらいたいというふたつの願いを兼ねて、講演でも呼ばれればいつでも出かけていってしゃべらせてもらいます。そのことによって、絶対的非暴力の理念を訴えさせてもらいたいと思います。〇・〇〇〇一パーセントのちょっとの隙間でも、暴力の必要性がちょっとでも認められたら、もう駄目です。もぐらの穴がひとつあったら、そこから水がどんどん流れて、結局は堤防は決壊するというのが私の信念です。絶対的非暴力。それをみなさんに応援してもらいたいと思います。

ところが、そういう今の暴力機構があるほうが有利な人たちがたくさんいます。実はその人たちにとっても本当は不利なんです。今の政治家たちにしても不利なんだけれど有利と錯覚して……。

澤地　実際それでお金をもうけている。つまり、死の商人が日本にもいて、たぶん政治家たちもその手先になっている可能性が十分あります。防衛産業の設備投資への配慮などと役人が言い始めましたもの。

北御門　もう、ありますね。ちゃんとなってると思います。それはしかし、本当の幸福にはつながらないよということを、あの人たちにもぼくは訴えたいと思います。「あなたたちは幸福であるはずがないでしょう」と。そんな死の商人と結託して、そして政治をやっていて権力を握って勝手なことをする。幸福であるはずはないと。そのために私は、本当の人間の幸福はどこにあるかと考えてごらんなさい、ということを訴えたいんですね。

そのことはトルストイが言っています。私は「トルストイという人はどういう人ですか」と訊かれた時に、ひと言で言えないのでトルストイを読んでくださいと言う以外ないんだけど、一側面を言えば、と言っても重大な一側面なんだけれども、「トルストイという人は、人間の本当の幸福はどこにあるかということを生涯追求した人だと申し上げたい」と言うんです。本当の幸福というものは、人と争って、人を押しのけて、自分だけ手に入れるような性質のものでは決してありません。むしろ、たくさんの人と分け合うことが自分の幸福を増大すると。

そういう意味で、「朝に道を聞かば、夕べに死すとも可なり」という論語の言葉にも通じます。「今晩死ぬ」と言われても色あせない幸福・世間的には「今晩死ぬ」と言われれば、いわゆる幸福だと思って夢中になって求めているものは一瞬のうちに色あせてしまうのですが、本当の幸福をつかめば「今晩死ぬ」と言われても動揺しない。

それから、本当の幸福には断絶がないというんですね。今まで幸福だったけれど、ぱっと幸福がなくなるということはない。だから、私にも絶対的非暴力の理念をつかめば、幸福なものをずっと持ち続けていたいと思います。

さらに、本当の幸福には飽満がない。例えば、おいしいものを食べたりしても、食べればすぐ飽きてきて、もういやだと思う。本当の喜びというものは、それが本当の喜び、幸福であれば、どんなに与えられても飽満がない。絶対的非暴力の理念を追求することが真の幸福への道だと思うんですね。ただひとつの道だと思います。

澤地　私は、命というものをふたつ持つ人は一人もいないことを思います。これは鳥であれ蝶であれ、みなそうですけど、そのたったひとつしかない命をもらって、有限の時間を生きていますね。本当に自然と共生しなければならない。同時に、この時代になってきたら地球と共生しながら、人間はその環境の中で短い時間を生かしてもらっているのだという畏れにも似た気持ちを持って生きていかなければ、二十一世紀はひどいことになるだろうと思うんですね。

絶対的に非暴力であり、反戦ということを、私も生涯の課題として生きてゆきたいと思います。しかし、多くの人がそう思いながらもたじろぐ。迫害に耐え忍ぶ覚悟を決めれば戦争はやむ、と言ったトルストイを知って感銘を受けてもなかなか覚悟を決められないで、世俗のこととか、家族のしがらみとか、いろいろなことを思って迷っている多くの人がいることも事実ですね。

その一方で政治は、物事の本質をわからなくするいい加減なボールを次々ときれいな言葉で飾って投げてきますね。そういうことで真実がなかなか見えにくいから、なおのこと覚悟を決めて絶対的非暴力や反戦を貫こうとすることがとても揺らいでいる時代だと思うんです。

北御門さんはもう揺るがない覚悟を持ってらっしゃるけれど、今覚悟を決めかねている人たちに向かって、何かおっしゃってくださることはございませんか。

北御門　私はトルストイに出会うことによって、古今東西の聖賢にまで会わせられて、その人たちの言葉に耳を傾けた結果、だんだんこういう信念に達したわけなので、人にはそれぞれの出会いというものがあるわけですね。人間との出会いと書物との出会い。前者の場合は、いい友達を見つけてその人と永くつき合うことですね。書物であれば、古今東西のずっと昔の人とも出会える。いい書物にぶつかって、その人その書物を通じて真実というものを吸収してもらいたいですね。

世間にはいわゆるお偉方というのがいて、この世の中で権力を握って、いわゆる立身出世をしている人たちがいますが、実はいちばん人間が下らない。大方の場合、下らない人間が権力の座に就いていて、偉そうな顔をしているということを訴えたい。ですから、あの人たちの真似をしなさんな、あの人たちはまちがったことばかりして、あの人たち自身もそのために不幸になっている。恰好の上では幸福そうに見えるので、錯覚を起こして自分たちもそういうふうに偉くなろうなんて思ってはいけないということを、若い人たちにとくに訴えたいと思うんです。

澤地　やはりそういう時に、「自然に帰れ」という言葉もとても示唆に富んでいます。人間本来の姿というのは何だったんだろうかと考えなければいけませんね。そして、自分がいったいどういうふうに生きていこうとしているのか、どう生きるべきなのかという答えを求めない人に答えが来るはずもなくて、答えを一所懸命探していれば、それで出会うのがトルストイであるか、あるいはほかの人であるかわかりませんけれども、私たちの前の時代に生きて死んだ人たちからの遺産として、人間の叡智としての答えは必ずどこかにありますよね。

著者北御門二郎の家族　左から長男すすぐ、著者、次女楠緒、長女ヒナ、妻ヨモ、三女須磨（著者40歳のころ）

北御門　それを明らかにしていくのが人類の課題ですね。いろいろな聖賢の教えを受けながら、それに磨きをかけながら真実への道を続けていくのが人類全体としての仕事と思います。それはキリスト教的に言えば、「神の国を地上に建設する」という仕事だと思うんですが。

そのためにとくに若い人たちにぼくが訴えたいのは、私が聖賢と思っているカントの「自らの理性を使用する勇気を持ちなさい」という言葉です。人から言われてああそうだろうかではなくて、自らの理性を使用する勇気を持ちなさいということを言っていますので、若い人たちにとくにこのことを訴えたいと思うんですね。

憲法九条と私たち

澤地　最後の質問になりますが、軍国主義に非常な勢いで傾斜していく日中戦争が始まった後の時点で、ともかく徴兵拒否の意思を貫いた人生、青年時代をお持ちの北御門さんの目から見て、一九九二年の日本の政治の船がめざしている方向をどうお考えですか。

北御門　トルストイの戯曲に『光は闇の中に輝く』というのがありますが、光、真実というのは、少しでも意識すれば根こそぎなくなるわけではないんですね。「陸海空軍その他の戦力は、これを保持しない。国の交戦権は、これを認めない」という憲法第九条を持ち、占領された経験を持つ日本民族は、反動的な勢力がそれをないがしろにして、なかったものにしてＰＫＯ法案を通す事態を悪あがきと思っているんです。あれは権力者の悪あがきであって、長い目で見れば決して恐るるに足りないと思います。だから、「あんなことになったんだからもう駄目だ。せっかく平和憲法ができたのに、またそういう事態になった。これは駄目だなあ」と絶望してはいけないと思います。

澤地　私はこう思うんですね。自衛隊は憲法に対して合憲か違憲かということを一度はきちんと国民投票にかけなければいけない。それをごまかしてやってきて、どうしても自衛隊を認知したい、させたいということでＰＫＯ法案というごまかしの法律を持ち出してきて、ともかく法律は成立して自衛隊は海外へ出ていく。

だけど、法律を生かすも殺すも結局は主権者しだいだと私は思うんですね。つまりみんなの反対の気持ちが非常に強かったら、そう簡単に軍隊として動かすことはできなくて、もしかしたら縮小せざるをえない事態もくるかもしれない。

という意味で私は、人々の反戦の意思というものに対してまだ希望を持っております。一見後戻りの世相のようですけれども、でも、こんなはずじゃないと人々は思って、日本の憲法は世界に向かって私たちが提示する本当の贈り物として、よりよいものなのだと言える状態に戻そうという気持ちがある。ほかに日本が貢献できるものは、もしかしたらないんじゃないかという気持ち。こういう気持ちを持っている人は、たくさんおられますね。それを大事にしたいと思います。

ところで北御門さんのお立場からすると、今回の参議院選挙で棄権者が四九パーセント以上、約半数の人が棄権したということは、北御門さんが考えていらっしゃる、政治は茶番であって選挙には荷担しないというお気持ちに近づいていることになりますか。

北御門　私は何とも言えないですけど、そういう考えの人もいると思うんです、かなり。その意味で、あんな馬鹿馬鹿しいことに参加できるかという気持ちの人もいると思います。また、政治に無関心で、そんなところへ行くよりも遊んでいたほうがいいという人もいるかもしれません。ぼくは投票率が低下していることは非常にうれしいですね。これはやっぱり抵抗ですね。あんな馬鹿馬鹿しいことに踊らされるからいつまでもいつまでもこうなんだと。あんなの根本から否定すればもっと違うものになるという考え方がぼくはあると思います。かなりあると思うんですね。

澤地　そうすると、主権在民、議会制民主主義というのが戦後のあの憲法によって初めて日本人にもたらされ、建前としてそういうことになっていますが、そうではないお考えですね。

北御門　そうです。

澤地　ただ、実際に議会というものが機能している以上は、人々が心の中で反対していても、こうやってＰＫＯ法が成立し、自衛隊がカンボジアに出ていく日も近づいてきて、現実は具体的に動いていきますね。その中で北御門さんは、ともかく信念に基づいて今急いでやらなければならないそのことと直接つながっている仕事をしていらっしゃるけれども、そうでない人たちは何もしなくていいんですか。

北御門　いや、それは政治というものに本当の意味で幻滅を感じて、政治というものは愚かなことなんだ、権力を求める野心家がみんなそこに、砂糖にたかる蟻のように行くもんだということを覚って投票しない人は、それぞれのかたちで抵抗していくと思うんですね。だけど、ぼく自身はそうした茶番劇には関わらない。そうでないと、自分が投票して上がった人たちが法律をつくったらそれに服従しなくちゃならんという理屈につながってきますから。ぼくはそんなことはいやだから、それは否定しますね。そしてそのことをみなさんも否定しましょうと。だから投票なんかしまいと。うちの息子も絶対しません。

ぼくはそのことでやられるんですよ。古くて非常に観念的だというようなことでね。だけど、ぼくはそうじゃないと思うんですね。実は観念的だと思うことこそ観念的で、本当の底力は棄権だなあと思います。

澤地　北御門さんが言ってらっしゃるような、きわめて積極的な意図を持った棄権率が八〇パーセントになったら、そりゃあこの国は変わりますね。

北御門　変わりますよ。

澤地　ただ、私はまだそこまで考えられません。私はやっぱり、例えばＰＫＯ法に反対するという人のために、一人でも多くの人が投票するように一所懸命努力をしなければいけないと思っております。

北御門　これはそのうち歴史が証明するでしょう。思いはわかりますよ、本当に。わかるけど、権力の座には誰も押し上げるようなことに手伝いをしちゃいけないというのが私の立場ですね。

澤地　多くの人々、とくに女の人たちは絶対に戦争をしたくないという熱い思いを持って生きている、ということを事実において私はよく知っているつもりです。ただ、その人たちはどうすれば自分たちのこの命がけの悲願を達成できるかということを今、方法が見つからなくてとても苦しんでいます。でも、その火種のようなものが消えてしまったわけではなくて、たぶん日本の未来というものはそういう熱い思いを抱いて、戦争を二度とくり返さない、人が人を殺すようなことはあってはならないと思っている人たちによって救われるだろうと思います。

私は北御門さんのおっしゃったことに全部賛成ということではありませんでした。賛成できないという部分が出てきましたけれども、でもいろいろな考え方があっていいので、ずいぶん多くのことを教えていただきましたから、お話の中からみなさんがいろいろな知恵を汲み取ってくださるとありがたいなと思います。

Ⅳ

トルストイ三部作をめぐって

『戦争と平和』をめぐって

澤地　『アンナ・カレーニナ』のアンナは非常な美女として描かれていますけれども、『戦争と平和』のマリヤ・ボルコンスカヤという女の人は言ってみれば醜女。顔にすぐにぱっと恥じらいの赤い斑点が出て美しくないのだけれど、瞳だけは本当のブルーの美しい瞳をしている。そして、心の中で何かが発する時にその目がもっとも魅力的になるということを書いてあるでしょう。

私は若かった二十代の前半くらいまでとくに重症だったのですが、容貌コンプレックスがありまして、つまり「頭が馬鹿でも美女のほうがいい」ような気がしていた時がありました。(笑い)その時に『戦争と平和』を読んで、ああそうか、容貌ではないんだと思ったものでした。しかも彼女、すてきな人と結婚するじゃありませんか。女の美しさというのは容貌じゃなくて、内面の心の美しさというものなのかと私は思ったんです。だから私にとってのトルストイは、まさにマリヤ・ボルコンスカヤなのです。

それからナターシャ。主要な女主人公ですね。映画ではだいたい美女の俳優がこの役をやるでしょう。ですから、作品の上でも美女として描かれていると思ってしまう。今度北御門さんの訳で読んでみたら、決して器量がよくなくって口が大きいと書いてありますね。だけど生き生きしている。十三歳で初めて作品の上に登場してくる時、ああ、ナターシャも美女じゃなかったのかというのが今度読み返しての新たな発見でした。ですからトルストイは、容貌コンプレックスからの解放、つまり内面的なものが大事ということを教えてくれた人として大事な人です。

北御門　『戦争と平和』は私の翻訳で読んでいただけましたか。

澤地　最初は原久一郎さんのです。若いころに読んだのですからそれしかなかったのです。仙花紙のひどい十冊本で読みました。今度北御門さんの訳で読み返しました。

北御門　ぼくが読んだのは学生時代で、もっと古い英語からの重訳だったと思います。それを今読めば、もうまるで誤訳だらけの本だったと思うのですが、それでもやはりそれなりにトルストイと反応し合うものがありました。それでけっこう感動して読んだのですが、長くて途中で挫折する人がいるんですね。それはもうたくさんいます。あなたは挫折しなかったでしょうけど。
澤地　私は引き込まれました。
北御門　どこで引き込まれましたか。
澤地　うーん、クトゥゾフという将軍が出てきてナポレオンが戦場に現れ、アンドレイと奇跡的な邂逅《かいこう》をしたりする、あのあたりを夢中になって読みましたね。
北御門　ああ、そうですか。大作はどこかまで読んでもう引き返せないというところがあるんですね、ある程度読んで「ああ、もういやだ」と捨てるのと、ある程度まで読んでここまで読んだらもう引き返せないというのと。
澤地　ポイント・オブ・ノーリターンとかいう。
北御門　そうそう、ポイント・オブ・ノーリターンですね。ぼくはああいう大作はどこでポイント・オブ・ノーリターンに来るかということが問題だと思います。マリヤのところに女友達のジューリイから手紙が来ます。その場面がぼくのポイント・オブ・ノーリターンですね。
ジューリイは手紙で「あなたのあの美しい目を見たい」と書いているんですね。そこを読みながらマリアが「私の目、きれいかしら」と思いながら鏡を見るところがあるでしょう。

そして「ちょっともきれいじゃない。あの人は私におべっかを使っている」と思う。ところが、トルストイの注釈としては実に無心でいる時は本当にきれいなんだと。

澤地　それに、彼女には自分の目の美しさは見えないと書いてありますね。

北御門　そう。それで「私の目は美しいかしら」なんて見れば、自分の邪心が出るのです。（笑い）ちょっと見はきれいじゃないけれど、本当はきれいだったということなんですね。そういうところが非常に印象深いですね。

それから、マリヤがジューリイに出した返事。その返事を読んだ時ぼくはもう、ここここそポイント・オブ・ノーリターンだと思いました。だから、ぼくの二番目のポイント・オブ・ノーリターンはマリヤからの手紙なんです。

澤地　あの手紙のところですか。

北御門　あの手紙も今見れば誤訳が多いんですね。それでもやはりポイント・オブ・ノーリターンでしたね。

澤地　私はね、この醜いけれども心の中が輝く時に非常に美しい目になる女の人の人生はどう展開するか、というのがひとつの大きな興味。だからずっとこれに引っ張られてきましたね。見届けなければならない、見届けたいから。だからそこは非常に大事だと思います。

それと、間抜けみたいな、実に不細工な男として出てくるピエール・ベズゥホフという貴族の庶子の青年。この人も面白そうだなと思ったですね。この人どうするかしらと。でも、たちまち美女にしてやられて結婚してしまう。

それからアンドレイ・ボルコンスキイ公爵。この人は美女と結婚しているけれども、この妻に不満がある。やはりあの話、あの作品はものすごくうまくできていますね。長いけれどもどこかで引っかかったら、どの人物かが好きになったらぐいぐい引き込まれていく。どの人物かの運命に引っかかったら終わりまで読まずにいられないですね。そして最後にナターシャとピエール・ベズゥホフが結婚して、たぶんピエールはデカブリストのほうに行くだろうという暗示で終わっていることになると、もうこれは夢中になって読んだのはあたり前という気がします。

北御門　トルストイはデカブリストのことを書きたいと思って、ちょっと書きかけたんです。

澤地　ああ、そうですか。

北御門　デカブリストを調べていったら、ナポレオン戦争に辿り着いたわけです。だから初めは、デカブリストのことを書きたいと思って調べているうちにナポレオン戦争に出た。それで『戦争と平和』になった。

澤地　あんなに戦場というものをきちっとわかるように書いている作品というのは、そんなにないですね。
北御門　トルストイも実際に軍人を経験していますからね。
澤地　そうですね。
北御門　命が危ないところにも行っていますからね。ぼくみたいに兵役を拒否した者は全然あんな描写はできません。(笑い)
澤地　私も軍隊に行ったことも軍艦を見たこともなくて、戦争で死んだ人のことを書くために、どういう戦闘だったかをまず勉強しなくてはならなくて大変苦労します。
北御門　ぼくは戦争中、実情を知りたいので、兵役を終わって帰ってきた人や一時帰郷で帰ってきた人に体験を聞きに行きました。そういう人たちは訊くといろいろ話すのですね。ところが、敗戦後になっていろいろな人たちに訊いてみても、話したがらないのですよ。
澤地　私の経験では、戦争で自分がやったかやらないかは別にして、ものすごく悲惨な場面を見てしまった人は語らないです。語らない人は大体私の感じでは誠実です。得々としてああだこうだと、知らないことまで言う人は実に浅薄ですね、戦争を経験していると言っても。私みたいに戦争や戦場を知らない人間がいろいろな事実を発掘する時、袋だたきにするようなことをする人は浅薄です。頼まなくてもぺらぺらと、あの時はこうだったああだったとしゃべる人ほど、よく聞いているとどこか本の受け売りです。だから体験というのは、そういう意味では限界がありますね。

北御門　そうですね。

『アンナ・カレーニナ』をめぐって

澤地　アンナ・カレーニナは人妻であってかわいいセリョージャという息子もいるのに、美男の貴族の士官ウロンスキイに惚れて惚れられて、最後は鉄道自殺をするという悲劇的な話としてよく知られていますが、私はそのことも興味がなかったわけではないけれども、キティという娘を愛していてなかなか好きですと言えないでいるうちに、ウロンスキイにうろうろされてキティに振られたかたちになるレーヴィンという人物にとても魅かれるものがありました。

今度読み返してみて、やはり私はレーヴィンとキティという二人が好きなんですね。レーヴィンという人は農業を非常に一所懸命やっているでしょう。北御門さんが『アンナ・カレーニナ』をロシア語で読みたいと思われたことと、現在に至るまでこうやって農業一筋で土から離れずに生きてこられたということは、どこかでつながりますか。

北御門　やはりつながりますね。トルストイのいろいろな作品から、私は帰農しなさいと言われたようなものですが、『アンナ・カレーニナ』にはそれが強烈に書かれていますね。

澤地　『アンナ・カレーニナ』の中で北御門さんがいちばん好きな人物というか興味というか、惹かれている人物は誰ですか。

北御門　『アンナ・カレーニナ』をぼくの訳で読んだ小林秀雄さんが言っているのですが、『アンナ・カレーニナ』はレーヴィンに託したトルストイの「成熟した自伝」だと。

澤地　レーヴィンに託してトルストイが己の気持ちを語った。

北御門　キティとレーヴィンの出会いのところは、本当に自叙伝みたいなものが濃厚ですよ。ですから、ぼくはこれはトルストイの自叙伝という意味でレーヴィンに惹かれますね。

澤地　やはりレーヴィンですか。

北御門　友人たちはぼくのことをレーヴィン君と呼んだりしていました。

澤地　ということは、レーヴィン君と言われるようなことを言葉として語っていらしたということですね。

北御門　ぼくが帰農したことと、ぼくの影響で『アンナ・カレーニナ』を読んでみれば、レーヴィンが農業をやっているでしょう。それで二人を結びつけてぼくをレーヴィン君と呼んだのですね。

澤地　そのレーヴィン君と呼ばれるようになるのはいつごろのことですか。

北御門　ぼくが田舎に帰って農業をしたり、おふくろに尻たたかれてまた大学に戻ったりしているころでしたから、まだ大学生のころでしたね。

『アンナ・カレーニナ』を翻訳したいとそのころ思った直接の動機は、アンナがセリョージャに会いに行くところの場面ですね。

澤地　子どもを置いて出て行って、親権を夫からもらえない。しかし、わが子がかわいくて会いに行きますね。

北御門　会いに行くが、自分が裏切ったアレクセイ・アレクサーンドウィチがいつ出てくるかわからないからこわごわしている。そうこうしているうちに「来たっ」となって、アンナはせっかくセリョージャに持ってきたお土産を持ったまま帰るところがあるでしょう。

そのセリョージャに会いに行くところを読んだ時、ぼくはもうかわいそうでかわいそうで、ああと思って。ああ、ここのところを直接トルストイが書いた言葉で読まねば死ぬに死に切れないという思い。それですね、直接の動機は。

澤地　あのころ姦通罪のあった日本の社会の一般的なモラルとしては、アンナはとんでもない女ですよね。だから、置いていった息子に会えないのはあたり前というのが世間の見方であろうと思うのですね。

あのころ『アンナ・カレーニナ』は戦争前の若い人たちの間では、もうトルストイは時代遅れということであまり読まれなかったのですか。

北御門　どうでしょうかね。ぼくの友達はそんなふうに言ってました。

澤地　でも、禁書ではなかったのですね。

北御門　ええ、禁書ではもちろんない。そのころ、ソヴィエトでも『アンナ・カレーニナ』と『戦争と平和』は、モスクワ大学での必須科目になっていたくらいです。『復活』なんか駄目ですね。

澤地　裁判制度批判があるから。

北御門　裁判制度批判があるでしょう。だから国家の裁判権否定になるのです。

澤地　世間一般は姦通罪の女に対してきびしいですよね。日本で言えば姦通罪を犯した女の人がわが子に会いに行く場面に感動するというのは、北御門さんの気持ちとして自然でしたか。

北御門　何て言うかな。やはりかわいそうですすよ。罪を犯して苦しんでいるんだから。聖書を読むと、イエスのところに姦淫したマグダラのマリヤを連れてきて、「こんな女は石を投げつけて殺すことにモーゼの律法ではなっているがどうするか」と言ったのに対し、イエスは立ち上がって、「お前たちのうちで罪のない者が最初に石を投げよ」と。イエスは憐れんだのですね、その女を。

ぼくは、トルストイはイエスがマグダラのマリヤを憐れんだように、やはりアンナを憐れんだと直観的にそう感じて、ぼくも一緒に憐れんだですね。憐れで仕方がないから、ここのところをロシア語で読みたい、トルストイが書いたそのままを読んでみたいと思ったのがロシア語の勉強を始めるきっかけでした。

澤地　ただ、アンナは必ずしも母性愛の塊ではありませんね。ウロンスキイとの子はむしろ顧みないですね。

北御門　そうそう。けれども、『アンナ・カレーニナ』という作品は解説できないですよ。

ショウペンハウエルも「すばらしい芸術、本当の芸術作品は解説できない」と。とにかく、何とも言えないものをわあっと感じさせるのがこの作品ですね。

澤地　一人ひとり、それぞれがそれなりの感じ方で感じるという。

北御門　初めの子には本当の母性愛を感ずる。ウロンスキイと恋愛したら恋愛が主になって子どもが従になったのではないか。このように批判的に思ってみてもいいわけです。でも、解説ではすっきりしないものがどうしても残ります。

澤地　何回か読んで、読むたびに思って、今度も北御門さんの訳で『アンナ・カレーニナ』を読み返して思ったのですけど、アンナは恋をし、それから涙ながらにわが子を置いて出ていくあたりの勇気は私はよく理解できるし、支持もしたい。でもその後は、愚かな女の典型みたいなことをしますね。つまり、愛して信じなければならないのに疑ってばかりいて、つまらない女になりますすね。

結局最後は、自分の猜疑心のためにウロンスキイを信じ切れなくて死ぬ。もちろん男も、もうそんな女はいやになってしまう。焼き餅ばかり焼いているから。それもまあ男の人の心理のような気もしますけど。で、否定的な女の駄目さも『アンナ・カレーニナ』のアンナの中には具現されているなと、また今度も思いました。

北御門　初めの言葉「復讐は我にあり。我これを酬いん」――これをどう解釈するか。これはアンナに対する憐れみの言葉でしょう。「かわいそうだけれど、してはいけないことをした女だなあ」と。あの言葉自体を解釈すれば、アンナが天罰を受けたということになる。天罰という意味合いもあるにはあるが、憐れみというものも出ているでしょう。憐れみが出ているけれど、やはりいったん結ばれた夫を裏切るということは女としていけないのだ、というようなこと。これはイエス自身もそう言っています。

澤地　「復讐は我にあり」の「我」というのはイエスですか。

北御門　これこそ天の声という意味なんです。個人じゃないですね。この言葉は旧約聖書に出ている言葉だったと思います。

その罰を受けている過程が悩み。悩み悩んでいるうちに、みんながごちゃごちゃになりますよね。アンナという人を持ってきて、そういう世界を描き出そうとした。だから、数学みたいに割り切って、これはこう、この人はこう、この人は善い人だよ、この人は悪い人だよというようなことはできないんですね。

エンマ夫人達とハルビンで『アンナ・カレーニナ』を読んだ時、ある人はウロンスキイが悪いと。

澤地　色好みで、女たらしで。
北御門　いやいや、オブロンスキイも、それにアンナもしっかりしていなくてはいけないなどと、もういろいろな意見が投げ交わされたです。(笑い) そうしたら、エンマ夫人が言ったですね。「クトプラフ　クトニェプラフ　スヂーチ　ニェナーム」(誰が正しくて誰が正しくないか、それを裁くのは私達ではない) と。ぼくはにっこり笑いながら言ってくれたあの人の言葉が今でも耳に響きますけど。
澤地　エンマ夫人はずいぶん聡明な人ですね。
北御門　そうです、そうですね。そう言った言葉が耳に今も残っているほどですから。
澤地　そうそう、アンナの正式な夫であるカレーニンだってかわいそうですよね。
北御門　かわいそうですよ、あれは。
澤地　出世は止まっちゃうし、人間的にも苦しんでいるしね。
北御門　かわいそう。俗物で、だからああなったんだなんていう批評の仕方は一面的ですね。
澤地　ウロンスキイだって浮ついたものもあるけれど、死にかかったアンナのところへ見舞いに行っていて、夫が来て追い返されて帰ってきて、自殺を図って死に損ないますね。それから、アンナが自殺した後は自分で部隊をつくって戦線に出て行きますね。あれはもう死に行くのですね、たぶん。
北御門　そうそう。死にに行く。
澤地　だからそういう意味では、本当にみんなけっこう真実に生きているという感じがしますね。
北御門　そうですね。だから漱石の晩年について、「この近年はあんまり本も読みたくないから新刊も買わないよなどと言っていられたが、そうしてまた文壇の恐露病をしきりと戒めていられたが、寄贈される新刊や雑誌にはよく目をとおしていられ、外国物でも昔学校で講義をしていたころには人に聞かれて知らないというのがつらかったが、近ごろではそれも平気になってねなどと言っていられながら始終何かしら読んでいられた様子であった。トルストイの『アンナ・カレーニナ』を読まれたのもこのごろらしく、これほど偉大な小説は未だかつて読んだことはないと言っていられたそうだ」というようなことを女婿の松岡譲が書いています。最晩年の漱石が、これほどすばらしい作品を自分は読んだことがないと言っているんですからね。
澤地　これを読むと、もうみんなひと言では言えないんですね、いろいろなことがあって。トルストイ自身と非常に重なっているレーヴィンという人物は、私は神を信じない人間だとしきりに言っていて、そのことにこだわり、自分の農地のあるところに閉じこもって一所懸命肉体労働をしていますね。私は神を信じない、信じないという感じでね。だけど、やっと結婚することができたキティが最初の子を産む時、すごい難産で苦しみますね。その時、彼は何をしたか。

北御門　やはり祈るのですね。

澤地　神に祈りますよね。「私は否定する」と言ってきた神に、「助けてくれ、早くキティを早く助けてくれ、楽にしてやってくれ、無事であるように」という祈りをする。自分でも矛盾していると感じながらも祈る。とても人間的な話ですね。

北御門　そこが『アンナ・カレーニナ』のターニング・ポイントですね。『アンナ・カレーニナ』の第八編では、戦争をはっきり否定する思想が出ていますね。

澤地　はい。

北御門　ウロンスキイは義勇軍を立てて露ト戦争に行くでしょう。その時、キティのお父さんのアレクサンドルが出てきますね。

澤地　はい、老いたる貴族ね。なかなかすてきな人ですね。

北御門　あの人を通じてトルストイは戦争を否定している。もちろん『戦争と平和』の中にも、根本には戦争を否定する思想があるのですよ。
澤地　ありますね。焼け野原にして残忍なことがあって。
北御門　それだけど、はっきりとしたかたちで出ていない。けれど『アンナ・カレーニナ』の第八編になると、それがはっきりと出てくるのですね。ドストエフスキイは露ト戦争を肯定しているんですね。戦争を否定するようなことを『アンナ・カレーニナ』の第八編で書いたトルストイに、ドストエフスキイは不満だった。
澤地　不満ですか。
北御門　当時のロシアの出版社が『アンナ・カレーニナ』を出版する時、第八編を除けという。そのころはロシアでも「勝ってくるぞと勇ましく」の時代でしたからね。戦争を否定するようなことを書かれていては売れないからというんですね。
澤地　露ト戦争というのはロシアとトルコの戦争？
北御門　そうそう。その時点で戦争反対の声をあげています。
澤地　あのキティのお父さんというのは最初からレーヴィンが好きで、なかなか面白い人物ですね。人を見る目がある。
北御門　そうそう、本当に。

澤地　お母さんはウロンスキイのほうがいいと思っているけれどね。
北御門　そうそう。

『復活』をめぐって

澤地　『復活』は三部作のいちばん最後の作品ですね。
北御門　そうです。『復活』を書き終わった時、もう二十世紀にかかっています。
澤地　陪審制度というものの初期の愚劣さ、いいかげんさ、裁判のいいかげんさをかなりよく調べて、むきになって書いていますね。
北御門　あの人の晩年のテーマは結局社会問題ですね。これを中心に置いて、とにかく絶対的な非暴力の理念を唱道するために全力を注ぎ、手紙や論文を書いていますが、やはり芸術的な才能が文学作品で訴えさせるのでしょう。晩年はとくにそうですね。
澤地　それはそうでしょうね。

北御門　だから『復活』を書いた後に『ハジ・ムラート』という作品を書いていますね。さしさわりがあって生前に発表できなかったものですね。

未完になっているものもありますけれど、大体これはもう恥ずかしい、恥ずかしいと言いながら書いているのですよ。一度お酒を飲むくせがついた人間はまた飲む、ついついまた飲む、というわけで、自分もついつい芸術作品というかたちで書いてしまった。ほんとに恥ずかしいと。『ハジ・ムラート』なんかも、もう恥ずかしい、堪忍してくれというようなかたちで書いたものですね。でも、それを読むとものすごくいいんですよねえ。晩年にはまた懺悔のかたちでの若い時の自分を書いた『悪魔』を書いた。

澤地　肉の誘惑。

北御門　まざまざと書いていますよね。『悪魔』は懺悔の書ですね。

澤地　いずれ懺悔の書を書くということは『懺悔』の中にありますが、それが『悪魔』ですか。芸術化した作品として書いたんですね。

北御門　書きました。

澤地　私はあの『悪魔』を読ませていただいて、いったいいつ書かれたのかなと思いましたね。ずいぶん早くに『懺悔』を書かれていますよね、あの長い生涯から考えると。だから、それにあたるものが見当たらないような気がするけどな、と思いましたけど。ああ、やはりそういうかたちであるのですか。

北御門　ありますよ。それから『セルギイ神父』だとかね。まあいちばん身近なのはやはり『悪魔』でしょうね。

澤地　そうですか。

北御門　トルストイもいろいろな失敗をしていますね。ですから晩年は、プーシキンの詩の一節「悲しき文字を消すよしもなし」の「悲しき文字」を「恥ずかしき文字」と直してそのまま自分の詩にしたいと言っています。

澤地　今度北御門訳で『復活』をちゃんと読んでみて、こんなに面白い作品だったのかと思いました。

北御門　これもひとつには懺悔のための作品ですよ。

澤地　昔読んだ時には気がつかなかったんですけど、あのカチューシャが斜視だということを今度初めて知りました。

北御門　そうですか。

澤地　それからすごい人だなと思うのはネフリュードフ。お訳ではニェフリュードフ。

北御門　ニェフリュードフ。ネっていうよりニェですもの。

澤地　自分がかつて女としての人生を奪って狂わしてしまったカチューシャが今被告になって現れ、再会する場面。そこでの陪審員のニェフリュードフ。ちょっとこう肥満して、中年的ないやらしいものがある男に書かれているんですね。驚きました。もうすでに世俗にまみれて、汚れがすっかり身についたような男として書いてありますね。

北御門　ええ、それがまたカチューシャに出会った。再会することによって自分が陥れた女に自分の姿を見、彼女をなんとか救おうとする。そして、新しい人間になっていくというのが『復活』です。それがテーマなんですね。

澤地　そうですね。でも私が実に痛烈だと思ったのは、彼は本当に自分は何と悪いことをしたのだろうと思って償いたいと思うのですね。これもなかなか大変なことですよね。一所懸命ちゃんとやろうとしている。そうするとカチューシャは、「あなたにさんざんひどい目に遭わされた上に、今度はあなたがあなたの魂を救済するために利用されるのはいやだ」という意味のことを言いますね。これはすごいことですね。

北御門　そうですね。だから、そういうふうに作家のトルストイとしては自分もそういうふうなものを経験していて、何かと言えば自分のやることの中に不純な動機がありゃしないかということをいつも反省しているんですね。不純な動機から行動していないかって。それが作品の中でカチューシャに言わせているのだと、ぼくは思いますね。それを検討するためにカチューシャに言わせている。

澤地　そのカチューシャだって、かなりあばずれになって、捨て鉢になって、相当ひどい女になっていますね。だけどやはり恨んだ男が現れて、初めは偽善かと思うけど、真実が見えてきた時、彼女も一人の人間としてきれいに洗われていきますね。前途を全部捨ててシベリアまで行くような道をこの人に選ばせたくないという気持ち。

それからこちら側にいる自分を愛してくれている、実際、囚人でシベリアへ行かなくてはならない男のために、愛情であるか何だかわからないけれど一緒に行こうとする。でもニェフリュードフに対しては私はこの人と行くからと言って、あなたは来てくれなくてもいいのですよと言う。そう言えるようにカチューシャも復活したんですね。だから、いろんな人が復活し、再生し、甦ってというイメージが本当に感動的で。

北御門　イメージが見事にとれています。

澤地　私はこんなすごい小説だったのかなと。若い時には大体日本では、「カチューシャかわいや　わかれのつらさ」っていうのが先に頭に入っていますからね。そして若い時は筋ばかり一所懸命追っかけて読むのですよ。それで読んだような気になるけど。
原文で読もうというほどに北御門さんを惹きつけたトルストイの文学作品であるとしたら、『アンナ・カレーニナ』もしっかり読まなければならなかったし、『復活』もともかく読み返さなければいけないと思って、今回は十九や二十代の私ではなくて、六十過ぎた人間として読み返しました。やはりトルストイはすごかったです。
北御門　年代しだいでまた受け止め方が違いますね。未婚の時に読んだ時の受け止め方、四十になっての受け止め方、六十になっての受け止め方というように、時代時代で読んでみるとまた違う。それとひとつは訳者しだいとぼくは思います。
澤地　読みやすかったです。お世辞で言うのではなくて、非常に読みやすかったです。ほとんど一世紀前の作品。だから古いですよね。ドストエフスキーだって今読み返すとちょっとしんどいですものね。だけど、とてもそんなに古い作品という感じがしなくて、まず面白かったです。読みやすかったです。ああ、これはすごいことが書いてあるなって。つまり理屈で人間はこういうことによって偽善をするとか、こういうことによってそういう偽善から脱するとか言っているのではなくて、読んでいると自然にわかるように、理屈ではないのだけれど、自然に作者の気持ちがこちらに伝わってくる。あそこまで芸術的に形象化されているというのはやはりすごいことですね。
北御門　『復活』はいろいろなかたちで影響が日本にもあった。たとえば盧花の『不如帰』なんかにも影響を与えたとみている人がいますね。
澤地　ああ、盧花はトルストイに会っているのでしょう。
北御門　会っています。だから、日本のいろいろな作品も『復活』から影響を受けていると言う人もいます。それと、京大事件の滝川教授ですね。先生はぼくが東大に入学した昭和八年に、文部大臣の鳩山一郎に罷免されたんですね。それで滝川事件が起きた。滝川教授は「『復活』に現れたるトルストイの刑法思想について」というテーマで中央大学で講演されたのです。それを講演すると国家の否定になりますね。『復活』は国家が人を裁くということを否定しているのですから。ぼくもあの時の東大の騒ぎをこの目で見ました。
澤地　その事件で京大法学部の教授、助教授七人が辞められたのですね。
北御門　初め何が原因かわからなかったのですが、後で聞いたら「『復活』に現れたるトルストイの刑法思想について」という滝川教授の講演がきっかけだとわかった。それを聞いてこれはと思って、興味が湧いてきました。それで、東京からの帰りに滝川教授の家に寄ったりしてすっかり意気投合しました。お嬢さんとは今でも会ったり文通したりしています。

澤地　文学者としてのトルストイの作品に出会い、ロシア語で原文を読もうと思われましたね。そのトルストイ自身があの長い生涯の中で変わっていって、小説を書くことよりももっと直接的に社会問題に対して発言しようとする。トルストイはずいぶん書いたものが発売禁止になっているんですね。

北御門　なっています、なっています。もうひところはほとんど。だからチェルトコフという人がイギリスにとんで原文あるいは英訳本を出版していた。

澤地　外国でベストセラーになって。

北御門　その訳本をロシア国内にそうっと持ってくるんですね。逆輸入です。

澤地　だから、そういう意味では、理想を持ってたたかうトルストイという晩年がありますね。

北御門　たたかい、たたかい続けですね。トルストイの手紙を最近訳しましたが、あれなんかもう切々と弾圧のひどさを訴えています。普通なら捕まってしまうのですが、トルストイには手を触れられないのですね。トルストイに手を触れるということは、トルストイに殉教者としての冠を与えることになるので皇帝は怖い。

澤地　手をつけられない。

北御門　だけど、トルストイが手紙で訴えた政治犯の解放はとうとうしない。結局最後には、皇帝自身が虐殺されてしまう。
澤地　トルストイは伯爵家の四男に生まれました。お母さんはウォルコンスキイ公爵家の出ですね。
北御門　ええ、あそこは家柄がずっと大きいんです。
澤地　お母さんはいい家から来ているのですね。その苗字を『戦争と平和』の中の主要なる一家の名前としてつけていますね。
北御門　ええ、ウォをボに代えてボルコンスキイ。実はトルストイはお母さんを知らないのですよ。
澤地　この人は親の縁の薄い人ですね。父も母も早くに亡くなるという。
北御門　妹のマリヤを産んで、それで死にましたから。
澤地　トルストイが二歳の時、お母さんはマリヤを産んで亡くなる。お父さんは九歳で亡くなって、親戚か何かで育った人ですね。そういう意味では本当に肉親の愛情が薄い。愛していた兄さんも亡くなるというようなことがありましたし。だから大変な人生ですね。そして最後に、愛妻とトルストイの理想主義とがぶつかるでしょう。それで家出をするのですね。

それもずいぶん高齢になっての家出ですね。
北御門　八十二歳ですね。
澤地　でも、出て行く時にちゃんと末の娘がついていくのね。だから、お父さん一人で出て行くわけではないのですね。ちゃんとついていく娘がいるのですね。
北御門　そうです。娘はわりあいいいのですが、息子から反抗されてですね。レフ・リウオーウイチという息子などとは、まさに正面衝突です。
澤地　トルストイという優れている人であっても、いちばん身近にいる人間を自分の理想とする人のあり方のように変えることはなかなか難しいということですね。
北御門　そうでしょうな。
澤地　トルストイの作品を読んだ範囲では、トルストイ作品の男たちはみんないい女たちに支えられていますね。別に器量がよくなくっても黄金の心を持っているようなすてきな女性に出会うことによって。それこそ義を全うしているではありませんか。だから私は、トルストイは作品の上ではすごいフェミニストだと思う。
北御門　そうそう。ただいわゆる女権論者から誤解されるのは、トルストイが、男は男、女は女という世界がやはりあるのだと言っているからですね。人間だから権利は同じだけど、男には男の本望、女には女の本望、女に生まれたということは女に生まれたという人間がある、男に生まれたということは男に生まれたという人間がある。女らしい女がいい女で、男らしい男がいい男である。いい意味でですよ。女には女としてのよさというものを精いっぱい持ってもらいたい。男には男としてのよさというものをやはり持ってもらいたいと。そういうものがトルストイにあるので、いわゆる女権論者には、トルストイには女性に対する差別観があるなどと言う人がいるようです。

澤地　そういうことを言う人があるのですか。

北御門　やはり言う人がいるみたいですね。

澤地　それは外国で？　日本で？

北御門　それはもう日本でも外国でも。でも、男は男、女は女でいいんじゃないかなと思うですけどね。

澤地　対立はしない。（笑い）

北御門　だって、男と女が全然何も変わらないというわけではないのですよね。

澤地　それは女にしか子どもは産めないのですから。（笑い）

北御門　そこは自ずから女の持ち分と男の持ち分という区別があるということは当然でし

よう。

澤地　当然ですね。差別じゃなくて、それぞれの特色というか、特性というか、それはありますね。これはもう上下関係ではなくてあります。なければひとつの性しかないことになりますからね。

北御門　そうそう。

澤地　女権論者によるトルストイ批判があったことは知りませんでした。トルストイの作品の背景にある時代を考えると、私には女性に対する作者の畏敬の気持ちが感じられます。デカブリストの妻たちは、夫の流刑地シベリアまで行きました。これは皇帝に対する公然たる叛逆です。『戦争と平和』のナターシャの前途に待ちかまえている試練であり、彼女はそれに耐え得る女性として描かれていますね。よき意志を持つ人間に対する全面肯定。そこに女も含まれていて、それが私をトルストイ好きにさせてもいます。私には違和感は全くありません。

北御門　ありがとうございます。トルストイに成り代わって熱く御礼申し上げます。

V

「農」に生きる

大学を捨て畑へ

澤地　北御門さんが百パーセントでないにしても農業を始められたのが、大体昭和十二、三年と考えていいですか。

北御門　十三年。ハルビンから帰ってからですね。大学在学中も、農業というものが人間としていちばん基本的なものだというトルストイの影響を受けてましたので、田舎に帰って畑だけはしてたんです。湯前の家に畑があるんですよ。そこでいろいろつくって、余るものだから近所の人たちに分けてあげて。本格的な農業は、ここに来て彼女と出会って、結婚して教えてもらってからです。

澤地　生徒になって？

北御門　家内から習ったんです。

澤地　今までの八十年近い人生の中で、六十年ぐらい農作業になりますか。六十年を越しましたね。
北御門　いやいや、六十年はまだ越しません。今は七十九で、もうすぐ八十ですけれども、ぼくが大学に入ったのが満の二十歳で、二十四、五のころにハルビンに行って帰ってきてからですから、五十何年ですね。家内と結婚して去年が金婚式ですから、五十年プラスその前の何年間か。
澤地　この辺は昔もこうやってお茶をつくっていたんですか。
北御門　昔はこちらは大体木場作というのをしていました。木場作をしていると、そこに自然とお茶が出るんですよ。
澤地　お茶が自然に芽生えてくるんですか。
北御門　あるんですね。ここだって、切って焼いて畑にすればお茶が出ますよ。自生しているんです。それを摘んでいたんですけれども、そのうちだんだんこういうふうにして。ここはいちおう田に開墾したんです。
澤地　やはり一回は田んぼにしたんですね。戦争中と戦後はお米が重点でしたから。
北御門　そうそう。山から無理に水を引いているから、田んぼとしての能力がないんです。
澤地　これは生まれて何年目ぐらいのお茶の木ですか。

茶畠で語り合う澤地久枝と北御門二郎

北御門　もう三十年ぐらいになります。
澤地　お茶の木というのは死なないんですか。
北御門　百年か二百年ぐらいで死ぬそうです。だけど、その間に時々更新するんです。六、七、八年ぐらいには。大きくなりすぎると芽が小さくなるんですね。ですから、切るんです。見ていただけばわかるけれども、切ったから下がうんと小さい。
澤地　背が低くなって、そこで再生する？
北御門　それが早いんですね。
澤地　お茶の木は一年中手をかけてやらなきゃいけないものですか。
北御門　除草と、それから一番茶は摘むんですけれども、二番茶、三番茶も適当な時に鋏で落とすわけですね。それぐらいです。しかし、除草が大変です。

澤地　北御門さんは何歳くらいから本というものに親しみ始めましたか。
北御門　小学校のころからでしょうか。絵本ぐらいどこにもあるような錯覚を持っていて、ぼくの友達――ぼくの隣の家の北原という人ですけれども、絵本の話をしよったら、おれにも読ませてくれって泣くように言うんです。絵本がこれだけたっぷり読めるのはおれだけかなと、その時にちょっと思ったですね。この人たちは絵本も読めないのかなと思ったのをかすかに子ども心に……。
澤地　今はあるけれども、そのころは学校給食なんてものはなくて、お昼の弁当の時間に家庭の暮らしの状態がはっきり出るということは私自身も経験としてありますけれども、北御門さんはどうですか。
北御門　そのことで思い当たるのは蜂の子ですね。蜂の子は食べられるんですね。自分の家でお母さんたちがあまりおかずをつくってくれないので、自分で蜂を見つけて蜂の子を食べていた同級生がいたのが非常に印象深い。
澤地　火も通さないで、採ったまんまの白いのをおかずに？　北御門さんは当然白米のお弁当でしょう。ほとんどの子は麦飯か、あるいは粟《あわ》や稗《ひえ》の入ったお弁当じゃありませんか。
北御門　そのことは気がつきませんでした。ぼくの家も粟を入れる主義でしたから。

澤地　じゃ、蜂の子を採ってきておかず代わりにしているのにびっくりした。

北御門　びっくりした記憶はあります。

澤地　北御門さんはお母さんがつくられたお弁当を持って行かれたのですか。それとも、働いている人がつくったお弁当ですか。

北御門　女中さんがつくっているんですよ。

澤地　お母さんがお弁当をつくることはない？

北御門　女中さんが四人ぐらいいましたから。食事係とか店の手伝いとかでいたですから、おふくろは店の経営の頭脳となってやっていましたね。親父は言ってみればただの看板でした。とにかくおふくろが実際的には店を経営して、球磨郡で売り上げはどこにも負けないと言っていました。大阪あたりに仕入れに行くんですね。それを売り込む側の宮崎県境の米良というところまで歩いていって、直接取り引きをする。あっちの人は直接大阪に行かないで、北御門を通じて買うということで、その間に立っておふくろは本当にがんばってたですね。

澤地　北御門さんが徴兵検査を逃れようとして、結果的には兵役に関係のない存在になって、結婚とかいろんなことがおありになって、その時にお母さんの店を継がれるという生きる手立てもあったわけですね。どう生きるかというといろいろな選択肢がありましたよね。

北御門　ぼくたちが大きくなるにつれて、おふくろも親父ももう店はやめると。とにかくあの子たちが独立して経済的に負担をかけないですむようになれば、店を閉じても小作代が入るし、山林からの収入もあるし、それだけでいいからというのでやめました。誰も後でそれを継ぐという者はない。

おふくろの祖父は柳川の立花藩の御典医なんです。それで北御門以上に塩見家は学問をしていたんです。

澤地　塩見家というのは、おばあさんのほうが明治初年にギリシャ正教に入られたという……。

北御門　そうです。

澤地　おじいさんは人吉でお医者さんをしておられたんですね。

北御門　そうそう。それでおふくろの里は学問のあるところで、祖母なんかは論語の素読なんかもやっているんですね。

澤地　当然聖書も読んでおられるし。

北御門　聖書はもちろん読んでいました。ところが、親父は長男だけど、うちのじいさんは「息子に学問させるとすぐ出ていって跡を継がんから」と言って、親父は済済黌に入ったんです。
澤地　どっちのお父さんですか。
北御門　ぼくの親父。済済黌に入って楽しんで勉強しようと思っていたところ、じいさんが帰って来いと。
澤地　そのおじいさんというのは久留米藩からこっちに来たおじいさんですね。
北御門　そうです。もと有馬藩の藩士です。それで泣く泣く帰ってきて継いだわけです。そういういきさつがあるので、おふくろとしては、自分は学問のある家から入ってきたのに、親父さんは高等小学校ぐらいしか出らんので、寂しいので、息子には勉強させようというので、そのためにものすごい教育ママになって家庭教師をつけるとかしました。金を惜しまずに、そのためにぼくは何とか潜り込んだんですよ。兄貴もそんなふうにしてようやく潜り込んで。あの人は東北大学ですけれども。
澤地　学者になられたわけですね。
北御門　兄貴は工学博士で、名誉教授になったりして。学校の成績はぼくのほうがよかったんですよ、初めは。ところが、後では兄貴は工学博士。そのころまでは博士というのは珍しかった。

澤地　でも、北御門さんは今の東大、当時の東京帝国大学の英文科に入られて、しかし、英語の時間にロシア語のトルストイ物を一所懸命読んでいて、突然指されてとんちんかんなロシア語で答えるというような青年になっていた。博士になれたかもしれないけれども、東大で学ぶことを途中で自ら投げられますよね。そして兵役があるということに抵抗することで、大学を卒業した人が通っていくであろう順調な人生をご自分でお捨てになる。お店はなかったにしても、例えば本屋さんをやるとか、学校の教師をするとかという人生の選び方は、ほかの人に比べればまだまだあったと思うんですね。旧制高校は出ていらっしゃるわけだし。でも農業とお考えになったのは、なぜなんですか。

北御門　ほかのことにはあんまり魅力を感じなかったんです。やっぱり農業をしながら、そしてそのころ、トルストイに案内されていろいろなものを読み、ルソーも読んで。

澤地　やはり自然に帰るというか、自然というものはどんなに大事かということをお考えになった。

北御門　それは考えさせられました。土と交渉のある生活が人間のいちばん自然な生活だという思いがあって、そのころからずっとそれをめざしてきましたから。もちろん読書は終生やっていくと。

澤地　つまり学問というのは自分でやれると。何も国立大学や帝国大学でなくてもいいと。大学でがっかりなさっていたから。

北御門　そうですね。本当にがっかりしました。かねがね勉強しないので、試験になったらとひそかに恐れていましたが。ところが幸いなことに、講義録を校庭で売っているんです。それを買って、それから試験でしょう。とにかく泥縄ですから、どこが出るかなと思って。いちおう初めは成績にこだわっていたんです。だから、どこが出るかなと思って、まさかこんな馬鹿なところは出ないだろうと思って、出そうなところの覚えやすいところだけを重点的に覚えたんです。ところが、全然出ないだろうと思っていたところが出たんですね。やっぱり全然駄目。そのことでいよいよがっくりしました。

もうひとつの思い出は、いろいろな講義があって、どれか単位を取らないと卒業できないので、いやでも何かやらないといかんでしょう。だから、「聖書の英語」というのがあるから、これは英語の勉強をしながら聖書も読めるからいいなと思って行ったんです。そうしたら聖書の精神とは全然無関係なんです。ただユー　ユア　ユーがザウ　ザイ　ヂィになるとか、シットがシッテストという型に変わるとか、そういうことをごたごた言ったりしながら、のんべんだらりと「使徒行伝」を読む。そんなことばっかりで、イエスがいったい何をわれわれに訴えたかなんてことは全然無関係なんです。

およそ大学の学問なんていうのはくだらないと思っているうちに『論語』に出合ったのです。読み進めるうちに孔子の言う学問と東大の学問とは違うんだなとつくづく思いました。

澤地　いろんな影響を受けて、農業は非常に大事だと気持ちをわりに早くお持ちになっていながら、しかし、当時の満州のハルビンへ行かずにはいられない。二度行かれるというのは何ですか。

北御門　それはトルストイの勉強のためですね。

澤地　日本で勉強するのじゃ駄目？

北御門　どうしても会話が出てくるでしょう。ひとつの言葉をどういうニュアンスで、どういうトーンで言うか。ひとつの例なんだけれども、「どうぞおっしゃってください」という言葉があるんです。チェーホフなんかにしてもトルストイにしてもそういうのが出てくる。前後の関係から「どうぞおっしゃってください」というのはどういう意味か、よくわからないんです。そういうのがハルビンに行ったらわかったんですね。

澤地　ただ、恵まれていらっしゃるなと思うのは、東大に入るために東京に行かれた時、白系ロシア人のうちに下宿なさったんでしょう。普通の人がロシア語を勉強しようと思ってもロシア人になかなか出会えない時代に白系ロシア人のおうちに下宿するということは、生のロシア語をすでに東京でも耳にすることができたわけですよね。

北御門　ネルヴチェフという家でした。夫婦と娘さんが二人いて、上がマグダリーナ、下がタイーシャという名前でした。ぼくが大学のころ、タイーシャはまだこんな子ですけれど、ぼくになついてくれてかわいくて仕方がない。食事も一緒にさせてくれればと思ったけれども、食事はどうしてもできんから自分で食べてくれと。このような具合で、ロシア人家族とはあまり交渉がないんです。それにぼくは都心では暮らせない男なんですね、生理的に。

澤地　でも、ハルビンは満州でいちばん都会ですよ。

北御門　しかし、東京よりもずいぶんゆったりしてますよ。それとエンマ夫人に出会ったですからね。

澤地　でも、会いたいと思って行ったんじゃないでしょう。

北御門　そうそう。ロシア語を勉強しようと思って。

澤地　それにしても、ロシア人と全く接点がないわけじゃないのに。しかも、東大の学生でいて、籍を置いたまんまですから、親御さんはずいぶん反対なさったようですね。ロシア人の家庭に入り込んで、ロシア語だけが行き交う中へ身を置いて勉強する。誰かがお金を援助してくれなければできない。ご両親はいやいやであったとしても、助けることのできる家庭に育っていらしたということは恵まれていらっしゃいますね。

北御門　そうですね。ハルビンは物価が高いんですよ。そういう意味では、おふくろとしても心配でしょう。金は何とかなるんだけれども、ぼくの同級生がそのころは就職したり結婚したりしているのに、ぼくは学生のままでしょう。そのうえぼくが何をするやらわからん。

澤地　それに、思い詰める息子だから下手に反対をすると自殺か何かに追い込むことになるんじゃないかという心配を親御さんはお持ちじゃありませんでしたか。

北御門　そうですね。その時、ぼくはこれはトルストイのためなんだと。それで食えるかと言われて、飯のために行くんじゃないんだと。トルストイを読みたいから勉強するんだと。その意気込みに親父がたじたじになったんです。やはり親父は息子に弱いです。ぼくも息子に弱い。（笑い）

澤地　親父は息子に弱いのですか。（笑い）

北御門　親父は大体息子に弱いと思う。あんなわがままをした親父だけれども、ぼくが強く言ったら、結局反対できない。

澤地　認めた？

大病後のハルビンで　左から６人目が北御門二郎、右端は母
後列左端エンマ夫人

北御門　認めてやってくれたんですね。日記にも書いたように、着いてしまったその晩に、なんでこんなところに来たかなあと思ったですよ。

澤地　うちが恋しいというか、ふるさとが恋しいとか？

北御門　いいえ。初めはエンマ夫人がどんな人か全然わからない。ロシア語を教えてくれるエンマ夫人を紹介してくれたイライダさんが、あの人は器量は悪いけれども、黄金の心を持っていると言ったのですが。だから、ハルビンに着いた次の日エンマ夫人を訪ね、下宿に帰ると、なんでこんなところにおれは来たかなあと思って、本当に悲しい気持ちになりましたね。

だけど、翌日も「また来てください」と言われたのを頼りに行ったんです。行ったら、ハルビンを案内しようと、エンマ夫人が一人でぼくを案内してくれた。それからちょっと慣れたんです。やさしい人だなと思って。言ってみれば母親と恋人との中間みたいな感じですね。ぼくよりもひと回りぐらい上の女性です。この人と出会ったことがぼくをハルビンに留めたようなものです。兄貴が結婚するからぜひ帰ってこいというから仕方なしに帰ったけれども、あの時帰らなければよかったと今でも思います。病気をしに行ったようなものだから。

澤地　でも、二回目もやはり無理を押し切って行かれますね。北御門さんの境遇としては、そのころの日本人の水準から考えたら非常に恵まれて、そして末っ子だから親御さんやお兄さんやお姉さんの愛情もいっぱいあったと思うけれども、でも愛情に飢えてらしたんじゃありませんか。

北御門　そうですね、やっぱり。

澤地　やっぱりね。でなければひと回りも年が違って、北御門さんはたぶん面食いでいらっしゃるんじゃないかと思うんだけれども（笑い）、初対面の時にこの人は言われてきたとおり美人じゃないなと思った人に、どんなにやさしくされたからといって、次の日に心を魅かれるということにはなりにくいんじゃないですか。心の中に愛情に対してひもじさがあったんじゃないですか。

北御門　そうですね。これからの自分に対する漠とした不安があったこともそうさせたのでしょう。で、どうなるかなと思うでしょう。ぼくの友達がいい配偶者に巡り合っていたり、小学校の同級生だったのが満州にいて軍人として出世している。そういうのが来て自分が出世している様子を見せるでしょう。すると、いったいおれはどうなるのかなと思うんですね。ハルビンの街頭で腰を下ろして、こんなところにいておれはいったいどうなるかなと思ったりしたこともあります。でも、それを引き止めたのはエンマ夫人ですね。

澤地　エンマ夫人に対する思慕の気持ちですね。満州の農村はごらんにならなかったですか。

北御門　少し見ました。ハルビン近郊の農村地帯を。しかし、農民とつき合うことはとうとうなかったです。

昼は農業、夜は読書

澤地　ハルビンにはハルビン学院というロシア語を教える日本人の学校がありますが、そこへ入ろうというお気持ちはおありでしたか。
北御門　ありません。ロシア人と接触したほうがいいから。
澤地　交友関係のことは後で伺うのですけれども、最終的には農業一筋の人生で生きるのがいいなとお思いになって、そうなるとどこかよその土地に行くのではなくて、やはり親から伝えられたこの土地というふうになって、戦争中は農業一筋。しかし、農業の主役は男手でなければすまないことがたくさんあるから、当然北御門さんだったと思うけれども、一日一日伸びていく草と追っかけっこをしている農業を主としておやりになったのは奥様ですか。
北御門　ぼくは下手だけれども、肉体労働をいとう気持ちはないんです。例えばうんことか汚いものを触ったり……。
澤地　堆肥をつくったりする時はみんな手で……。
北御門　ぼくはそんなのはいとわないから、やはりぼくも大きな役割を果したんですよ。馬とか牛とかを使ったのもぼくですから。村の慣れた人がやると馬はきれいに動くんですが、ぼくがするとほかのところに行ったりして苦労しました。（笑い）馬や牛を怒るんだけれども、こっちが悪いんですね。上手にやればちゃんといくと思うんだけれども、ぼくの手綱さばきが下手なので、馬も牛もどうしていいかわからん。

澤地　かえって逆らうでしょう。
北御門　今考えれば本当にすまんかったと思う。（笑い）
澤地　もうおれは百姓だとお思いになれたのは幾つぐらいの時ですか。
北御門　何年ぐらいかわかりませんけれども……。
澤地　戦争が終わるころにはもう立派に……。
北御門　みんなが召集で行かれたから、よそのうちにまで行って馬を使って手伝ってあげることもあったんですから。この部落ではぼくがいないと大変という時もあったんですよ。
澤地　大地から離れるな、大地に密着した生活がいいということを実践なさって、そういう生活の中でかつて読んでわからなかった難解なというか、非常にレベルの高い文章が頭によく入る、つまり哲理に近づくというのはこのことだったかと思われるようなことはあったでしょうか。
北御門　トルストイの作品の中には、人間は土から生まれたのだから土に帰っていくのがいちばん自然だという考え方がある。だけど、それ以外にも農業をサポートするようないい意味での工業は必要だということはもちろん認めてますけれども、不調法な人間はとにかく農業が一番。これは誰でもある程度できる。

澤地　それと答えがちゃんと出てくるんじゃありません？

北御門　はい。そういう意味で、ぼくとしては農業一辺倒がいいんだなと。だけど、これは食べるためですね。しかしまた同時に、人間はそればかりではすまない。だからトルストイを読んでいったんですね。心の安らぎを感じながら読んで、そして百姓をしていたんですけれども、そのうちに翻訳という問題になってしまったんですね。誤訳に気がついて。

澤地　農業などの激しい労働をしている人たちは、疲れて陽が落ちると眠るというのが普通だった当時、そういう生活をしながら一所懸命本を読まれるというのは、かなりな努力だったのではないですか。

北御門　読むことだけはどうしてもやめられませんでした。この辺りは山奥でしばらく電気がなかったので、石油ランプで。食事がすむと、ひとつだけあるランプをぼくの部屋に持ってきて読むものだから、家内は苦労しながら台所で洗ったりしていました。苦心させましたね。電気が点いたのは本当にありがたかったですね。

澤地　何年に電気が来たんですか。

北御門　戦後ですね。だから、戦時中は暗いところで勉強して……。それでも読まずにはいられなかった。

澤地　そうすると、寝る時間を削るんですか。

北御門　普通に寝てましたよ。田舎の人は余裕があれば飲んで騒ぐでしょう。兵隊別れというのがあってね、召集を受けた人の家に呼ばれて、ぼくも飲む癖がついて飲みましたけれども、村の人たちは飲むのが専門みたいに暇があれば飲んでいる。ぼくは大半は本を読むことで、飲むのは付き合い程度でした。もうこのごろは飲めなくなったけれども。

澤地　戦後、奥様が大きな病気をなさった時には、農業では立ち行かなくなるというようなことがあったんですよね。

北御門　幸いそのころまでは親父やおふくろがいて、土地は解放しても山だの家だの残っているので、ある程度サポートしてくれたんですね。

自然農法へ

澤地　でも、通訳の試験を受けたりしてらっしゃいますね。

北御門　「進駐軍」が入ってきたでしょう。その時、これは英語の勉強にもなるし、進駐軍がどういうものであるか見てみようと思って受けてみたんです。初めはロシア語で受けようと思ったんだけれども、ロシア語よりもまず英語のテストを受けてくれと言うんです。英語のテストを受けたら、ロシア語はどうでもいいから、ロシア語はロシア語でまたやるから採用すると言ってきたんです。だけど興味本位の受験ですし、進駐軍の様子を探りたい気持ちで受けたものですから、結局踏み切れないで、やっぱり農業だということで農業に専念することにしました。

澤地　戦後、農薬が入ってきたり除草剤が入ってきたりしましたが、ある程度新しいものは採り入れたとしても、最初から自然農法は捨てないというお考えですか。

北御門　ぼくも百姓というのは急に飛び込んでやったものだから、初めはみんなの真似をしてたんです。戦後、農薬が入ってきた。除草剤というのは枯れ葉作戦で使ったのが余るから農民にということだったと言う人もいるぐらいですけれども、ともかく農薬を使うことになって、農業指導員というのがいて、みんながそれに従った。こっちも従って、ＢＨＣなんていうのを初めはずいぶん振りました。

澤地　パラチオンとか？

北御門　パラチオンは振ったことはないですね。ＢＨＣとかＤＤＴです。松本君という上野の音楽学校の先生の息子さんが自分も帰農したいとやってきてぼくのうちに泊まった時、ぼくの田を見て、株数はこの半分でいいと。そして、農薬は使わないほうがいいと。農薬を使えば害虫の天敵のとんぼだの蜘蛛だのが死ぬから農薬は使わないで、害虫は彼らに任せればいいですと言うものだから、それからは農薬をやめて自然農法に切りかえました。

澤地　すると、稲の株をいっぱい生やさないようにされた。

北御門　そうそう。植える時に距離を置くわけ。

澤地　それは新しいやり方ですか。

北御門　はい。従来百本植えていたのを五十六本しか植えない。間を置く。そうすると、採光がよくて。

澤地　地面の栄養もとれて。

北御門　採光、通風がいいから虫が出にくいんですね。それがいっぱいになった時には、根自身が強くなっているから、少しくらいの虫がついても負けない。そういうことをあの人が教えるので、それでやっていたんです。それが一年目に大成功しました。これはしめたと思った。だけど、そのうちに試行錯誤があって、ものすごく虫が出てきた時、危なく全滅しそうになった。その時だけは仕方がないから、除草のために機械油をさしました。

澤地　石油みたいなものですね。

北御門　今は天ぷら油の廃油を使っています。うちの娘たちが使ったのを持ってきて、それを差したら田の表面にぱあっと散るんですね。すると虫が安楽死してくれる。今年も一度しました。全然しないでいいように何とか工夫したいなと思いますけれども、天ぷら油は有機肥料ですから、かえって肥料になるからいい点もあるんです。機械油は感心しませんが、そういう意味ではあくまでこれは有機栽培でしょう。

〈らっきょう畑で〉

自然に帰る

北御門　ルソーが自然に帰れって言ったでしょう。その意味はいろいろあるわけで、例えばヴォルテールが非常に意地悪く解釈して、ルソーの自然に帰れというのを聞いていれば四つ足になって草をかみたくなるって。だから、変な意味での自然には帰れないけれども、自

らっきょう畑で語り合う左からヨモ夫人、北御門二郎、澤地久枝

然との共存。自然と付き合っていくという、自然との共生ということを考えなくちゃならん時代が来ているんですね。

零細農民が原野を畑にするという程度のことは共生という点で問題になることではありませんが、このごろは工業立国になってやたらに軍需品なんかもどんどんでき、そのために自然破壊がひどい。こういうことから自然との共生ということが出てきたんですね。ぼくたちのような生活をしていれば、初めから共生でやっていますから、あらためて共生について考えなくてもいい。

澤地　今日、北御門さんとヨモさんのお手伝いを少しさせていただいて、らっきょうを生まれて初めて植えましたけれども、来年の何月ごろに芽が出るんですか。

北御門　十月ごろかな。
澤地　今年のうちに芽が出るんですか。下手な植え方をして、芽が出ることのできないらっきょうがあったりということは……。
ヨモ（北御門夫人）そういうことはないですね。
澤地　よかった。（笑い）みんな出てくるんですか。鹿児島の言葉で「もぞか」って言うじゃないですか。かわいいというような。たぶんそういう感じかなと思うんですけれども、どうですか。
北御門　出た当時はやはりかわいい気がします。
澤地　自分の子のような？
ヨモ　何でも芽が出るのが楽しみですから。
澤地　ひと雨ひと雨と育っていって……。苦労もあるでしょうけれども。
ヨモ　苦労もありますけれども、楽しみもありますね。
北御門　秋に稲を刈る時になると、アメリカ式にばあっと刈るんじゃなくて、鎌で刈った後、竿にかけます。あれがおいしいんです。
ヨモ　二週間ぐらいかけてから脱穀するんです。

北御門　今年はどれくらいできたかなって。

澤地　その前に稲穂が垂れてきたら触ってみて、重さを手で量って、今年はずっしり重いなとか、今年は少し軽いなとか。

ヨモ　見てわかりますものね。

澤地　私はうちに庭がありませんから、せいぜい花を絶やさないようにして花をかわいがって、いつまでも咲いていると、よく咲いてるのねって思うんですけれど。実際にこういう畑や田んぼにいて、一枚か二枚の芽が出てきて、二枚からだんだん増えて育っていく時に、人間の成長もすばらしいけれども、また違う感じがおありじゃないかなと思うんですが、どうですか。

ヨモ　そうですね。人間とはまた違いますでしょう。

澤地　子どもを育てるのとどっちが楽しいでしょうね。

ヨモ　子どもを育てるのも楽しみですから。野菜も楽しみですものね。芽が出て……。

澤地　花も咲く。

ヨモ　そうそう。芽が出るまではどんなかなと思って。ここのきゅうりなんか、お天気がよかったものですからなかなか芽が出らずにいたですけれども、ようようこのごろね。

ヨモ夫人と

澤地　毎日毎日心配して見に行くんでしょう。

北御門　慈雨という言葉があるでしょう。ああいう言葉を実感するのは百姓ですね。

澤地　ひと雨欲しいな、ひと雨来たらこの野菜、元気になるなという時に雨が降る。

北御門　百姓じゃない人はそんなことは考えないで、天気がいいから海水浴に行こうぐらいでしょう。ここにひと雨欲しいなと、この間思いました。そして降った時のうれしさ。ああ、よかった、よかった。

澤地　みるみる蘇って元気になる。そういう自然のというか、大げさに言えば宇宙みたいな大きな世界の中で、人間なんてちっちゃな存在として生かされているんだろうと思うんです。それを私などは、言ってみれば理屈でそうだろうと思うんで、こうやって農業をしてらっしゃるとそんな理屈じゃなく、花が咲けば喜び、実ればうれしい。

北御門　あんまり溶け込んだ生活をしているから、切り離して分析して説明しろと言われても困るんです。

澤地　理屈を言うようなことではない？

北御門　そうですね。

澤地　私なんかトルストイとかルソーとかいう偉い人はなかなか理解できないと思っています。でも、北御門さんはそういう人の感化で自然に帰れという、文字どおり自然と人間というものをお考えになった。ヨモさんは別にそんな理屈から入ったわけじゃないんですね。

ヨモ　私はまた全然違いますから。小さい時から百姓生活ですから。

澤地　やはり土と一緒に生きて、農作物がよければ笑うし、出来が悪い時には一緒に泣くというような生活をして大きくなられたんでしょう。

ヨモ　そうですよ。

澤地　それはずいぶん違うんですけれども、辿り着くところはひとつになる。

北御門　ぼくは辿り着くのが遅かったですけれどもね。しかし、それにしてもぼくの記憶としては早く辿り着いたほうでしょうね。この人と結婚したのが数えの二十九だから。大学には二十四、五までいたんですからね。この人と結婚してからはとにかく百姓。時々たまらないからおふくろにせびりに行ったですね。
澤地　いくら働いてもお百姓さんでは足りなくて。だって、お天気に左右されることが非常に大きかったですよね。
ヨモ　そうです。
北御門　「はたらけど　はたらけど猶《なほ》わが生活《くらし》楽にならざり　ぢつと手を見る」ですね。
澤地　北御門さんは啄木の歌か何かでじっと手を見て「うん」でいいけれども、ヨモさんは啄木と思いを同じにしているんじゃなくて、もっと切実に考えなきゃならないんですよね。
ヨモ　そうですよ。
澤地　話は変わりますが、北御門さんがもし殺すか殺されるかという場面に遭遇されたとしたら、おそらく殺されるのを喜んで「はい、どうぞ」なんておっしゃらないでしょう。
北御門　ぼくだったら逃げますね。
澤地　無抵抗の抵抗というのがありますよね。
北御門　逃げられるだけ逃げます。だけども、相手を殺さないとこっちも殺されるというのだったら殺されるほうを選ぶ。

澤地　自分が覚悟をして、自分の信念において死んでいくんだから、選んだ死に方ですよね。相手は殺したと思うんだろうけれども、こちらは自分で選んだ死だから。どうせいつかは人間は死ぬんだから、というあたりのところがしっかりわからないと、非暴力と言ってもなかなかね。

北御門　非暴力とは、最後は自分の肉体を殺すけれども、暴力では殺すことはできないという信念からくる理念です。イエスは、肉体を滅ぼしても魂を滅ぼし能わざるものを恐れるなと言ったけれど、現実に死を恐れないで死んでみせたじゃないですか。それが理想ですね。ああありたいと。なかなかそうはいかないかもしれんですけど。

その前に、相手が絶対に暴力を振るわないかたちにできるだけしていくことですね。

Ⅵ

愛と性と罪と

罪深い存在としての人間

澤地　私、こういう質《たち》なもので単刀直入に伺いますけど、昨日「エンマ夫人が初恋の人ですか」とお訊ねしたら、そうではないとおっしゃった。でも、東大を卒業する意思は捨てて、ロシア語を学ぼうということで、ハルビンへ行ってエンマ夫人に会われて、今から思えばほのかな慕情ではありますけれども、そういうもの以前に肉体の関係までいかれた女性がありますか。

北御門　あります。

澤地　おいくつくらいの時ですか。

北御門　いくつくらいだったかな。あれは二十四、五くらいだったでしょうね。やはり、あそこに行く前、いやいや、やはりその後です。

澤地　エンマ夫人に会った後ですか。ハルビンに行かれて、そして満州では具体的なことはおありにならなくて、お兄さんの結婚式で帰ってらしてまた渡満され、急性肺炎で病気になって帰ってらっしゃいますね。その後、湯前で読書と畑いじりの日々を送っていらっしゃいますが、これが昭和十二年。つまり日中戦争がそろそろ七月七日に始まるというこの年のあたりですか。

北御門　そのあたりでしたね。

澤地　私は何千人という人数の戦死者のことを調べてきているものですから、お母さんに会って「息子さんは若くて、愛情も知らなければ女の温かい肌も知らないで死んで、不憫でしょう」と言うと、もう九十幾つかのお母さんが「それがなあ」って、土地の言葉でそういうことがあったんだと言われる。つまり、お金で体を売る人のところに行って女を抱いたと。次の日、自分には言わなかったけど、叔父さんにあたる人に「女っていうものはよかな」と言ったというんです。そのことがあったことが救いだと言ったお母さんがあります。たいへん失礼なことを伺いますが、北御門さんが初めて体験なさったのは、そういう女の人ですか。

北御門　いや、ぼくはお金で買ったことはないんです。同意の上のものです。

澤地　結婚を前提とか何かというのではない、身近にいた方との間でそういうことがあった。双方がある激情に押し流されるということがありますね。

満州（中国東北地方）のスンガリー河畔で　著者の隣がエンマ夫人

北御門　ありました。

澤地　そうですか。でもそれは、そんなにおつらいことですか、おっしゃるのが。

北御門　つらいです。これはぼくの一生の傷なんですね。そのために何とか自分を慰めようと、罪の深さから救われなくてはならないという思いを秘めて『論語』を読んだりしていました。

孔子だって「不善をば改むる能わざる」と言っている。孔子だってやはりそういうことがあったのではないか、そういうふうに思って救われて。やはり人間というのはみな、罪が深い存在じゃないかな、そのためにああいう立派な人でさえそんな声を上げている。おれのような俗人はもうそりゃ駄目だな、というかたちで自ら慰めたり。かと言って、またそれじゃ卑怯という思いがまた起こったり。

「改めざる、これを過ちという」――いけなかったと思って改めさえすればいいんだなという思いと、どんなに改めたって過去にやったことが消えることはないんだから、もうおれは一生傷ものだという思いとが錯綜して夜中にふとそんな過去のいろいろな思い出を思い出すと、胸が疼いて叫びたくなるようなんです。それでぼくは孔子や聖賢のように偉いことを言えないけど、この方たちの言葉をみなさんに伝えることで幾らかでも償いをして、そしてあの世に行けばいいんじゃないかという思いなんですね。

澤地　ただ、どうでしょうか。それは人間の煩悩というものだと思うと、試されているようなところだという気もしますけれども。一度過ちを犯して何と自分は駄目な人間かと思って、じゃあそういうことをくり返さないかというとそうではなくて、気がつくと二度、三度と悪魔に試されているみたいに同じことをくり返す。そしたまた死ぬほど悩むというのが人間じゃないかという気がするんですが、いかがですか。

北御門　まさにそうですね。『論語』を利用させてもらえば、孔子の弟子が「先生の説かれる理想は尊いし本当にいいことと思うけど、自分たちのように力のない者はとてもついていけないから駄目です」というようなことを言います。すると孔子は、「力の足りない者は行ってぶっ倒れて、しかし、方向だけはそちらを向きなさい。中道にして廃す――ぶっ倒れてもあくまでもそちらを向き直りなさい」と。

ぼくはだから、どんなに倒れても失敗しても、方向はこれだと。一度倒れてもまた一度起き上がり、二度倒れたら二度起き上がる。三度倒れたら三度起き上がりながら、方向としてはあちら、ということを思いながら生きていく以外にはないんじゃないか、と思うんですね。

澤地　日記を拝見させていただきますと、「またまた不倫の罪。絶望に気も狂いそう」というような言葉が書かれています。気をつけなきゃいけないのは、北御門さんにとっての不倫とは具体的な何か——肉体的な関係などを想像しがちですが、そうじゃないんですね。

これに類似するような言葉がところどころにあります。こういう言葉もありますよ。「自分は特別そういうふうに生まれついたんじゃないか」と。これはまだ高等学校生のころの日記ですね。そういう「醜い行い」というようなもの、そしてそういう欲望の非常に強い人間として生まれてしまって、本当にしょうがない男だという意味のことを高等学校三年くらいで書いておられますね。

北御門　そう言われればそうでしたね。でも、具体的に罪を犯したのは兵役拒否の後ですね。

澤地　はい。兵役拒否の後で、プライベートな生活が少し乱れておられませんか。兵役拒否のように立派なことをしたら胸を張っていいのに。乱れたことを私は必ずしも悪いとは思っていません。でも、北御門さんにとっては悪なのですね。なんかダダッと坂道を下りていくようなものが見えますが、そうなのでしょうか。

北御門　実はおふくろが、ぼくが兵役を拒否したことを後で逆手にとって、「うちの息子はしっかりしている。よく命を賭して戦争に反対した男だ。しかも、女関係なんかもきれいで、ちっともそんなこともやってない」と自慢するんです。親ばかですよね。そのころ実はぼくは犯していたんです。自慢されたので、ぼくはたまらなくなって、最初おふくろに告白しました。お母さんはそう言うけど、実はこんなことをしたんだと。おふくろは愕然としましたね。

澤地　愕然とされるようなことだったんですね。

北御門　それで、「兵役がいやだと言ったあんなに強かった男がどうしてそんな」と言っておふくろは泣くんです。田舎を一時離れた時、おふくろに手紙を書きました。「月は雲間に隠れるけど、また雲間を出れば、また新しく目覚めるようなきれいな光を放ちます。罪の一端を犯したということは、月が雲間に隠れたようなもので、それを改めればまた新しい目覚めるような輝きで照らすことができると思うから、その雲を出たつもりでがんばります。許してください」という意味の内容でした。

しかし、その後もまたやったんです。そういうことを重ねて、本当につくづくぼくの弱さを思いました。だから、ぼくは自分を偉い人間だとか思いません。今でも罪深い人間だということはちゃんと知っている。だけど、罪が深ければ深いほど、何か美しいものに憧れる権利があるわけですね。それがトルストイと重なって。またそのトルストイという人が、ぼくとよく似ているような生活ですね。

澤地　ありますね、そういう時期が。

北御門　トルストイは、「女との関係を何もかも告白しなさいと言われれば、じゃあもうよしと意を決して何もかも告白するから、その代わり棺桶をここに用意しておいてくれ。告白が終わった途端にぼくはここに飛び込むから、上から釘を打ってくれ」とそんなことを言っているくらいです。普通、具体的にああしたこうした、どんな所に女がいた、どんな恰好で入り込みそして出てきたか、そんなこと言えないですよね。だけど、それをみんな言おう、その後は棺桶の中に飛び込んで、もう一生、人がどんなことを言ったって出てこないと言っているくらいですから、その気持ちが痛いほどわかるんですね、ぼくには。似てるなあと思って。

澤地　それが『悪魔』になるわけでしょうか。まず、さしあたっての作品としては。

北御門　ナスターシャとの関係は、まさに実際あったことですね。『復活』もそうです、カチューシャとの愛。

澤地　北御門さんも棺が用意されるまではおっしゃらないおつもりですか、仕舞っておこうと思ってらっしゃるんですか。

北御門　実はぼくのことを知っている人がいるんです。ぼくがかわいそうなものだから言わないだけですね。そのことをぼくは知っているから、いつも自分の罪深さを自覚しています。

澤地　でも、北御門さんがたとえ何人かの女性と何かがおありになったとして、それが悪だとしても、その何人かの人に対する悪と、中曽根氏など政治家たちが関わった何億、何十億円の悪とは比較にならないんですね、本当は。

北御門　そう言われればあれですが。

澤地　でも、北御門さんにとっては同じ悪ですか。

北御門　中曽根氏よりも少しおれがましかなと思ったりしますが。

澤地　そうですよ。比較にならない悪ですよ。政治家が責任のある立場にいて、世界中の人すべてに、すべて関わりがあるようなことを決めながらの何十億円以上の不正という悪。それと一人の生身の人間がやったまちがいを、私は同列に同じ悪ではくくれないですね。自分が昔、いろいろな放埒なことをやっていたことを勲章のように誇りにしている男の人に対しては、私は「まちがっている」とはっきり言いますけれども。

私も自分を語ることが決して得手ではなくて、なるべくそういうことは書くまいと思っている人間でもありますから、北御門さんのお気持ちはよくわかります。それにしても今、理想とか反戦とかということがわかりにくいところに来ています。理想や反戦の言葉を、挫折もなく恥もなくきれいに生きてきた人に言われてしまったら、ああ、私は駄目ということでまことに残念なことになると思うんですね。ですから、おっしゃることのできる範囲でどれくらい迷える羊の一匹であったかということをおっしゃっていただけるとありがたいんです。

北御門　私は『トルストイとの有縁』という本を出していますが、あの中に短編というかたちでサゼスションしてるんです。

澤地　お書きになっている文章を見ると、自分に性愛の手ほどきをしてくれた、そして自分が不幸にした女性というような表現がありますね。その最初の人は普通の素人の娘さんですか。そして、これもまたとってもお答えになりにくいことだと思うんですが、奥様とのご結婚のところで、花婿はあまりその結婚を喜んでおられないような感じがありますが。

北御門　罪を前に犯していますので、それに対する申しわけなさですね。どちらが誘惑したというようなことはなかなか言えないんだけど、結局そういうことになってしまった。ぼくに性愛の手ほどきをした女性に対して申しわけないというか、困ったなという思いだったですね。

澤地　その人は結婚するわけではないから、その人に対しては少し後ろめたいというか、すまないなという気持ちがおありになる。そして、結婚して妻となる人に対しては、今度は逆にそういう過去があることが申しわけないという気持ちになる、ということだと取ってよろしいですか。

北御門　そうそう。そうです。

愛と性と

澤地　私は別に具体的な固有名詞を伺おうということではないのです。私は少しは書いていますけれど、本当に死ななきゃならないというところまで惨めに落ち込むような恋愛もしています。それで、人の苦しみをたくさん聞いて書いてきた人間として、自分は苦しまなかったようなことでいるのが自分に許せなくなったんですね。

更けゆく夏の夜の対話

私の場合はドキュメントしか書けないという姿勢を保っているために、非常に苦しかったということがあります。ある週刊誌は、私が相手の名前を伏せて書いたのにわざわざ実名で報道して、今出ているマスコミ事典とかっていうのには私が誰々と恋愛した云々と書いてあるそうですけど、私は抗議もしません。知る人ぞ知るで、そのことで私が駄目になってしまったのならばとても恥ずかしいけれど、でもそれで自殺もしなかったし自堕落にもならなかった。

それからその時、もう私は人間を信じられないと思ったのです、苦しくて。でもやはり人間が好きであるという、自分の本来のところに戻ってきましたので、私は今、何を訊かれても平気になっちゃったんです。

「どうして子どもを持たないんですか」とよく訊か

れます。結婚して離婚しているということもありますけれど、持つ意志がないからなんです。私は中絶していますが、いればもう大きい子どもですね。でも、こういうことも言わないと、今どうしようかと思っている人を助けられないんですね。だから、私が掻く恥は大したことではないと思う。

確かに私には妹や弟がおりますし、その周辺に親戚とかいて、物書きというのはそこまで書かなきゃならないのかと言われたこともあります。けれどもそれは、私の決めた私の人生だから、そして私はことさらに汚く事を書いたり、それから人を誹謗するようなことを書いていない。ただ自分もあなたたちと同じところを悩んで、苦しんで、のたうち回って、豚のように泣いて、泣き顔になって、醜くなって生きてきた。私もあなたと同じよということを言うべきだと、五十を過ぎる時に思いました。それ以来、もういいの、という感じなんです。

ですから、北御門さんも全部洗いざらいとかいうのではなくて、もう少し話してくださると、今までずうっと伺ってきた北御門さんのお話が説得力のあるものになると思うんです。

北御門　手ほどきをしてくれた女性はぼくのうちの女中さんでした。それをおふくろが知ったのです。

澤地　その方は現在不幸ですか。

北御門　不幸ではないと思います。
澤地　普通に結婚されてらっしゃるのですか。
北御門　いや、結婚していません。そのことが引っかかって、これはぼくの死ぬまでの心の傷です。ぼくの中には美しいものに憧れるものと醜いものとが共存しているんですね。漱石の「則天去私」なんていう言葉も思い出して、この醜い、汚い私というものからなるべく離れて天に近づこうと悩み呻くんですが、自分の実際を見れば何て醜いのかなと思います。けれども、こんな醜い自分の中にも、美しいものに憧れるものがすんでいる。それを大事にしたい。大事にするということは、過去の醜さからいくらかでも離脱していくことだと思っています。そのことを生涯心がける以外はないんだと思っています。
澤地　その人とのつながりというのは、手ほどきとおっしゃいましたが、短期で終わられたのか、それともその後にも尾を引いて、もっと年を重ねられてからもくり返されるようなことでしたか。
北御門　結婚してからはありませんでした。結婚前です。
澤地　そうですか。そうすると、結婚なさってから「妻が自分一人守っているように、自分は妻一人を守ってきただろうか」というような言葉が日記に見えますけれども、それは精神的なものですね。

北御門　それはもうそうです。結婚して以来、露骨なかたちでの交渉はなかったです。しかし、それ一歩か危ないなというところには何度もいきました。

澤地　危ないところへ？

北御門　ええ、危ないところへは何度もいった。ああ申しわけない、という気持ちがありました。

澤地　大体年上の女の人でしょう。

北御門　年上も年下もありました。そんなことを今思うと夜中にうーんと思って、申しわけなかったなと思って眠れないことがままあります。若気の至りとは言いながら、どうしてあんなことをしたのかと。それでトルストイをみなさんに読んでくださいと訴える資格がないかというと、これはもう罪をあがなううえでも訴えたい。同じような苦しみを経験したトルストイですから。真似するわけではないんですけど、本当に似ているんですね。似ているからあの人が書いていることがわかりすぎるほどわかります。ですから、ぼくは罪滅ぼしの意味でもトルストイの思想を訴え続けたい。そういう気持ちで翻訳をしているんですけど。

澤地　実際にはご自身がいろいろなところに書かれたり、今日も話していらっしゃるほどの堕落があったとは思えません。私たちがまちがいをくり返したという時にイメージすることと、北御門さんのおっしゃっていることとはかなり距離がありそうです。基準が違っている。それでも、昭和十一年の一月に「私ほど肉への執着の強靭なるものが滅多にあろうか」ということを書いていらっしゃる。

北御門　自分の姿を見て、何ということかと思ってそう感じたんでしょうね。ぼくは祖父をとても清廉潔白だと思っていたんですけど、そうではなかったなあということが今わかるんですね。やっぱりあったんだなあと。親父はもっとひどかったですけど。

それで自分を慰めるわけではないけれど、どうしてこんなことをしたかと思うからそんな言葉になったんでしょうね。そこから悩んでいる姿を読み取っていただければうれしいです。

わが父、そして自分

澤地　私が女学校の二年生くらいの時、母が病気で入院している時に手伝いに来ていた父よりずっと年上の、私から思えばすごいお婆さんと父が肉体関係を持ったのを私は知っていました。それは私には非常にショックでしたけれども、でも私は父が五十一歳でがんで死んでいく時には、本当に父が痛ましくて泣きましたね。今、父が大好きです。

人間にはいろいろなことがある。だけど、それだけでは評価は決まらないと思います。父は私がそれを知っていたということは知らない。母も知らない。私が言わなかったから。今初めてこういうかたちで言いますけれども。

つまり、親と子、とくに親のほうは知らなくても子は親が何をしているか知っていますよ。母親が何をしているか、父親が何をしているのか。子どもだと思って馬鹿にしているけど、子どもは実は知っていて黙っている。そしていつか大きくなった時、そういうまちがいをしたことを含めて、父なり母なりをやはり失いたくないと思って大事に思うのです。

北御門　親父は目の前に見ていますから、「これは親父の血を受けたんだろうな、おれは」と思っています。じいさんはずっと後で見ると、そうじゃなかったなあということが思い当たります。ぼくの兄貴にしてもですけど、そりゃあやっぱりみんな罪深いんだなあという思いもするんですね。ぼくはもう自分のことがいちばん堪《こた》えたんです。それで、正直にその時点での感想を日記に書いたわけです。

澤地　でも、それ以上におっしゃりにくいことがおありになる……。
北御門　それ以外にもいろいろありました。エンマ夫人のことでも、もう少しのところで危うくそちらのほうに行きかけたことも。
澤地　つまりもてたんですね、俗な物言いで言うなら。
北御門　大きな地主の坊ちゃんで、そのうえ大学に入るということは特権階級中の特権階級でしたから、向こうから言ってくるというのはたくさんありました。
澤地　おいしいお砂糖に見えて、蟻がいっぱい来ましたか。（笑い）
北御門　それで最終的な段階にはいきませんでしたが、近いところまでは何度もありました。そのことを思ったりして、うーんと思います。誘惑にかかって本当に関係を結んでしまったら、どうなったんだろうなと思って今も恐ろしい気がするんです。
澤地　でも、ぎりぎりの線がどの線かというのは時代で違うし、それから個人でもどこに決めるかというのは違いますね。北御門さんとしては、ついに煉獄におちたというようなことはご結婚後はない……。
北御門　それはありません。だけど、最初に性の手ほどきをしてくれた人と本格的な関係ができた時、ぼくはずいぶん自殺を考えました。本当に自殺を考えて、首をくくって死ねればいいなあと思ったけれど、やっぱり死ねないんですね。それでずるずるべったりと。その後はそういうふうな本格的な関係じゃないけれど、ほとんどすれすれまで行ってまた引き返すというかたちはずいぶんあったですね。

澤地　そういうことは幾つくらいまで男の方はあるものですか。

北御門　まあ、結婚して五、六年くらい続いたですか。ですから、三十五、六。子どもができるともう、子どもに免じてそういうことはできないし。要するに、肉と霊との相剋でしたね。それから考えて、イエスにしても女性を見て何も感じない、誘惑を感じないような男だったとは思いたくないんです。感じないと、ぼくも救われないです。

澤地　感じなければ人間じゃないですよね。生まれた時から神様になっちゃいますもの。

北御門　そうでなければ、イエスの言葉を聞いても発奮する元気も出なくなるですね。イエスが「女性を見て色情を起こす者は、これと姦淫せしなり」と言った言葉は、自分は色情を起こした、こういう過ちはなるべくしたくないと自分を戒めて言っている言葉なんです。孔子だって素直に「不善をば改むる能わざる」というような、やっぱり失敗をしているんですね。そう思います。だから、現実に肉体的に何らの失敗も犯さないという人間はありえないと思いますね。
ぼくは自分が罪を犯したのだということを、具体的にではないけれど、いろいろに書いています。今も償いができたとは決して思ってないし、自分のことを忘れることはないと。犯してきた罪というものを忘れる日はないんだと。
しかし、罪を犯した男だからといって、これが本当だと思ったことをみなさんに訴える資格はないということはないと思うので、訴えさせてもらっています。現実の生活では私の真似はしてくださるなということを何度も言っています。私の真似をしても、実践的な意味で、あなたたちにはちっとも参考になりませんよと。だけど、私がめざしているもの、私の欣求《ごんぐ》の対象であるものは真似てもらいたいんです。
澤地　トルストイが小さい時に両親に死に別れたことを考えると、北御門さんはご両親とのこの世での縁はかなり深く、長く持っていらっしゃいますね。しかし、とてもロマンチストで寂しがりやでいらして、なんか慢性的な愛情飢餓症でいらしたような気がします。
北御門　そうですね。やはりぼくは愛情を求めていたんですね。
澤地　結婚というかたちは罪悪的なこと、よくないことだというふうに若いころは考えていらっしゃいましたか。

北御門　ぼくの中に肉の血は強いかもしれないので、カントと同じように結婚すまいと思っていました。そして、結婚費用をもらってそれで外国に行って勉強しようと真剣に考えていました。けれども、「鵜の真似をする鴉《からす》水に溺れる」の類で、それはできませんでした。

澤地　結婚の披露をなすった二日後に、「えもいえぬ羞恥に鳥肌立つ思いである。よくもその勇気が出たものだったと、むしろ不思議にさえ思われる」と振り返っていらっしゃる。覚えていらっしゃいますか、こんなことをお書きになったことを。（笑い）

北御門　うーん。読み返してみないと。（笑い）

澤地　その時、妻となる人のことは、フェミニストの北御門さんとしてもお考えにならない。己がいかに生きるかのほうがやはり大きいんですね。

北御門　そうですね。だけど、結局結果としては去年金婚式を迎える（笑い）……。

澤地　その人に支えられて（笑い）……。

北御門　その時点その時点でどんな思いを抱いたかを、そのまま日記に書いたんです。

澤地　とても正直に書いていらっしゃる、ということはよくわかりますけれども。昭和十九年、これは二人目のお嬢さんが生まれた時ですけど、「なすべからざりし行為の結果、苦しみと死を背負えるもの、人間の苦悩長引かす新しき原動力」と書かれた。新しい生命に対してずいぶんネガティブですね。

北御門　これはショウペンハウエルの言葉です。

澤地　ショウペンハウエルは怖い人ですね。

北御門　ショウペンハウエルが、とにかく「人間はなすべからざる行為の結果である」と、だから死なければならないと、そういう言葉を言っています。

澤地　ショウペンハウエルという人は厭世的な人ですね。

北御門　まあそうですね。それはそうですけど。

澤地　ペシミスティックですね。

北御門　そのペシミズムの中に人間の愚かさというものをぱあっと描いてみせているので、ペシミズムが救いを与えているところもあるんです。

澤地　惹かれていかれましたか

北御門　はい、惹かれました。

澤地　でも、例えば最初のお子さんは難産で生まれてきますよね。へその緒が首に巻き付いたりして仮死状態で生まれてきて、産婆さんがたたいてやっとおぎゃあと泣く。その時にショウペンハウエルが何と言おうとここで今、ひとつの命が誕生したという喜びはおありにならなかったですか。

北御門　そりゃありました。

澤地　そうでしょう。

北御門　やはりそのうちかわいくなるんですよね、どうしても。

澤地　にっこり笑ったりするしね。

北御門　そりゃもう、かわいくなります。だけど、トルストイの影響でショウペンハウエルを読んでいましたので、そういう言葉が思い浮かんで書いたんでしょうね。書いて間もなく、子どもはかわいいなと思いました。

澤地　哲学が現実に否定されるんですよね。いろいろな人が立派な言葉で哲理を説いていても、現実に生まれてきている子どもはもしかしたら苦悩を長引かせる原動力かもしれないけれども、現に生きて苦しんでいる父親に対して大変な心の慰藉《いしゃ》を与えるものでしょう。

北御門　両面があるんですよね。苦悩を長引かせる場合と、この子が自分が果たせなかった仕事をやってくれるのではないかという場合と。人間の悉皆成仏《しっかいじょうぶつ》というのは、これはもう未来永劫の人類の目標ですね。戦争の絶滅、貨幣制度の廃止などのあらゆるものを廃止した後のいっさい人間が罪を犯さない状態は、悉皆成仏の日しかないんです。究極の人類の幸福

は総涅槃《そうねはん》ですね。それはまだ想像するだけでイマジネーションの世界ですが。（笑い）

澤地　だってみんなが肉の欲望から解放されて涅槃に行ってしまったら、本当に人類はいなくなりますね。

北御門　いなくなるというのは、現象での世界ね。

澤地　いなくなることはいいんですか。

北御門　現象の世界から消えるわけです。精神の世界は消えないんですね。決して消えない。現象としての人間は存在しなくなるけれど、霊的な存在としての人間はずっと存在し続けると思います。そういう世界は、もう説明も何もできないですね。

別なる存在としての妻

澤地　結婚なさった時に、「理想を言えば、妻と肉親の妹のような清らかな間柄でいたい」と北御門さんは願われる。しかし実際には四人のお嬢さんと一人の息子さん、つまり五人のお子さんのお父さんになられますね。三人目のお嬢さんですか、早くに亡くなったのは。これはえまさん。エンマ夫人のエンマをとってね。百日にも満たない短い命で、露のごとく消えていったわが子の生と死に直面なさった時に、ショウペンハウエルの言葉が頭をかすめたのか、父親として「何とこの子の命は短かったか」という思いがあったのか、その時の気持ちをちょっとおっしゃってくださいませんか。

北御門　偉そうなことを言いましたけど、三人目の子が死に瀕していた時、ごく普通の父親でした。子どもに対する煩悩で「ああ、本当にこの子は死ぬのか」と思って、ただもう泣きじゃくったというのが事実です。死に顔を見ると、かわいいんです。だけど、体はもう色がくすんでいるんですね。素顔を見ると、ああ……。

澤地　ちっちゃなちっちゃな赤ちゃんでしょう、生まれてすぐだから。

北御門　だから、本当にもう、どうしてこんなことになってしまったんだろうかと。ショウペンハウエルは思い出しませんでした。

澤地　何の病気で亡くされたんですか。

北御門　上の子の百日咳がうつったらしいですね。百日咳がうつると、あんな小さい子には抵抗力がないですから。

澤地　北御門さんの日記には、「楠緒ちゃんが百日咳になったんなら赤ちゃんと隔離しなさいと言われたのに、親としてそれをやらなかった」とありました。

北御門　赤ちゃんが生まれると、姉は冷たくされるんですね。それで百日咳の上の子が家内にぐうっとしがみついてくるんです。赤ん坊を抱いていると、背中にこう抱きついて。ですから、それがいじらしくて突き放せなかったということもあったでしょうね。今考えれば。

澤地　母方のおばあさんを亡くされた時、生涯で初めてというほどの慟哭をなさったということですが、それと等しいような慟哭ですか。

北御門　比べようがありませんね。等しいとも言えないし等しくないともいえないし……。

澤地　私はわが子を持ったことはないですけど、幼い弟が死んだ時、生涯に一度というほど慟哭しましたね。小学生でしたけれども。

北御門　祖母の場合は、本当にびっくりしました。祖母をものすごく尊敬していたんです。地上で私が出会った女性のうちで、最高に徳の高い女だと今でも思っています。その生き方によって、キリスト教を私に説いてくれた師です。ですから、「天、我を喪せり」というくらいに泣きました。墓に埋められるのを見ながらまた泣いた思い出は、今でも忘れません。その気持ちとわが子が死んで泣いた時の気持ちはまったく性質が違いますね。ちょっと説明できません。
澤地　もっと長く生きてもらいたかったし、成人したらこの子にも自分の作品として書き続けてきている日記を読んでもらいたかった。そこには父親の恥もあれば、いろいろなことがあるけれども、読んでもらいたかった。そのわが子が死んでいくということを日記に書いていらっしゃいますね。
北御門　例えば漱石が『彼岸過迄』の中の宵子という名前で書いているのは実は五女の雛子ですね。その雛子が病気で死んでいきますね。その時の日記に、「すみつぎがここにある。結婚したときに買った物なんだけど、これはまだちゃんとある。これはお金さえ出せばいつでもまた買えるが、どんなにお金を積んでも買えない雛子は死んでしまった。この寂しさをどうしたらいい！」というようなことを書いているでしょう。自分がわが子を失ったことで、その思いがよくわかります。わが子を失った時の感慨というものはそれと同じだと思います。
澤地　「家庭生活は、贖罪の生活であらねばならない」と言った人はトルストイですか。
北御門　トルストイも根本思想はそうですね。これはもう、イエスにもつながるし。子どもを通じて自分ができなかったことをやってくれと。やってもらうために、その子どもを育て上げようと。

澤地　それが贖罪ですか。

北御門　そうでしょう。自分なりの贖罪生活をやりたいのだけれど、子どもを育てることによって子どもにやってくれといったもの。後世に望みを託すかたちでね。

澤地　そうすると、二番目のお子さんが生まれた時にはショウペンハウエルの言葉などを日記にお書きになっていらっしゃるけれど、やはり北御門さんは次々に生まれてくる子どもたちの誕生を祝福し、その子たちがよりよい人間になっていくことを祈り、ともかく健康を気遣ういいお父さん……。

北御門　まあ、そういうふうになったですね、やはり。

澤地　子どもたちになつかれるお父さんですか。

北御門　うーん、なついてくれたかな。

澤地　怖がられるお父さんですか。

北御門　いえいえ、まあ、あまり怖がられはしなかったと思いますけど。

澤地　一緒に遊んだりしましたか。

北御門　はいはい、遊びました。

澤地　良寛さまのように。

北御門　はい。一緒に遊んだですよ。平凡な父親になってしまったんですよ。（笑い）
澤地　それは悪いことですか。
北御門　うん。仕方のないことで……。
澤地　仕方がないこと？（笑い）
北御門　家庭生活の中に入れば、そのためにお金が要るという条件が加わってくるでしょう。だから、トルストイの出会ったころでまだ結婚生活を経験しない青年時代の夢や理想が次々と潰《つい》えていくわけですね。潰えていって現実的な人間になりながらも、また回帰して、もう一度その夢を見直そうというのがぼくの一生を通じてあったわけです。
澤地　北御門さんにとっては、女性というのはどういう存在ですか。
北御門　なんて言っていいかな。結婚という関係が成立しなくても、女性というものは男性をいろいろな意味でサポートしてくれるこよなき存在だと思っています。このことは決して女性を蔑視するとかということではありません。
澤地　それでは、男性は女性にとっていかなる存在であるべきだとお考えですか。
北御門　両性は同じ隣人として精いっぱいその人の幸福のために尽くし合うべきだと思うんです。男もいい隣人であり、そしてまた女性にない特質を持っている存在ですから。マホメットも言っていますけど、「徳の高き女性ほど貴いものはない。いかなるダイヤモンドよりも、いかなる価値の高い宝石よりも最も貴いのは心の優しい女性だ」と言っています。その心の優しい女性を私は祖母という女性で経験しています。

澤地　ご結婚五十年の間に奥様はそういう亡くなったおばあ様のような女性の範疇に入るような存在になられましたか。

北御門　やはりそうはいきませんね。

澤地　いきません？（笑い）　助けてもらってらっしゃるくせに。（笑い）

北御門　また別個ですよね。

澤地　また別なる存在ですか、妻というのは。

北御門　そうですね。まあ何と言ったらいいか。それはまた一個の人間学の大きなテーマですよね。みなさんと一緒に考えようじゃありませんか。

●本書は一九九二年、エミール社（現青風舎）より刊行された。
●本書の底本には同社刊『トルストイの涙』を使用した。今回改訂復刊にあたり、文字遣い、ルビなど若干の改訂をおこなった。
●巻頭に共著者澤地久枝の「ぎりぎりの人生—まえがきにかえて」を加えた。

澤地久枝（さわち　ひさえ）

1930（昭和 5）年、東京生まれ。4 歳で渡満（中国東北地方）、そこで敗戦をむかえる。日本に引きあげ、18 歳で中央公論社の経理部に入り、1954 年、早稲田大学第二文学部卒業、『婦人公論』編集部に配属。1963 年退職。

1972 年、『妻たちの二・二六事件』出版。『火はわが胸中にあり』（第 5 回日本ノンフィクション賞）、『昭和史のおんな』（正続　文藝春秋読者賞）、『滄海よ眠れ』『記録ミッドウェー海戦』（菊池寛賞）などの著書があり、2008 年度朝日賞受賞。九条の会、さようなら原発 1000 万人の会のよびかけ人。

北御門二郎（きたみかど　じろう　1913―2004）

1913（大正 2）年、熊本県球磨郡湯前町に生まれる。旧制五高 1 年の時、トルストイの『人は何で生きるか』『イワンの馬鹿』を読んで深く感動する。1933 年、東京帝国大学英文科入学。授業にあきたらず 1936 年、大学在籍のままロシア語を学ぶため満州（中国東北地方）ハルビンに渡り白系ロシア人に学ぶ。1938 年 4 月、国家総動員法公布。同年同月徴兵されるもトルストイの絶対的平和主義の思想を貫き、兵役を拒否。同年大学を中退。以来、熊本県水上村で農耕のかたわらトルストイ研究と翻訳に専念しつつ、憲法第 9 条擁護の運動を続ける。2004 年死去。

主な著書 に『トルストイとの有縁』『トルストイの涙』（澤地久枝との共著 1992年刊/本年刊の同名書は改訂新版）など。

主な訳書に『戦争と平和』『アンナ・カレーニナ』「復活』（第16 回日本翻訳文化賞受賞）。『文読む月日』『イワン・イリイッチの死』『イワンの馬鹿』『トルストイの民話集』『幼年時代』『少年時代』『青年時代』など、トルストイの翻訳書多数。

トルストイの涙

2014年4月10日　改訂版第1刷発行

著　者　澤地　久枝
　　　　北御門二郎

発行者　長谷川幹男

発行所　青風舎
〈営業〉東京都中野区中央2-30
〈編集〉東京都青梅市藤橋2-524-14
電話 0120-412-047
FAX 042-833-4545
MAIL info@seifu-sha. com
振替 00110-1-346137

印刷所　モリモト印刷株式会社
東京都新宿区東五軒町3-9

ISBN 978-4-902326-46-8　C0095

おにいちゃんの子育て日記　　たなせ つむぎ

小学３年のけんじくんが母親に代わって生まれたばかりの弟を「子育て」した３年間にわたる克明な日記実物を収録。夜勤の多い看護師のお母さんの背を見つつ、父のいない母子家庭の貧しさと寂しさに耐え、手を取り合って健気に生きる兄弟３人の姿は殺伐とした今日に一石を投じる。

上田精一・江口季好・奈良達雄氏ほか推薦　　本体 1500 円

花さかん ひらいた　　阿部ヤヱ

遠野に伝わる昔話・わらべ唄・謎かけなどの伝承の意味することとは？　最後の伝承者（語り部）が自らの体験を通して解き明かす。それらはどれも人の一生を育てるためにあるのだと著者は言う。さらに、本来の伝承とは言えない、おもしろおかしく語られる興味本位の話—河童話などがもてはやされる風潮に警鐘を鳴らす。　　本体 2200 円

生きつづけるということ　　阿部ヤヱ

「人は何のために生きているのか」「人間らしく生きるとはどういうことか」「人間らしく生きるにはどうしたらよいのか」を木の葉の子どもの対話という形を借りて語り下ろした汲めども尽きせぬ珠玉の掌編。著者が語る数々の伝承には「生きる知恵や力」「子育て・人育ての知恵」がいっぱいと、保育関係者から絶大な信頼が寄せられている。　　本体 1500 円

風のら～ふる　　中俣勝義

いじめ・貧困・格差にたじろぎながらも、作文や詩を書き合い読み合うなかで、感性とやさしさと精神の勁さを深めていく思春期、青年期の中学生、医療専門学校生の群像。とりわけ『蟹工船』を読み深めることで学生たちが一歩一歩変革をとげていく過程はリアルで感動的。生活綴り方教育における記念碑的な実践記録。　　本体 1800 円

社会進歩につくした 茨城の先人たち　　奈良達雄

政治・社会・文化の各分野で進歩と革新のために闘った広範な人々の事績と不屈の精神。「『桜田門外の変』を考える」ではテロ賛美の危険に警鐘を鳴らし、「加波山・秩父事件の語るもの」では民主主義を確立するうえで２つの事件が果たした意義とこれからの運動のありかたを明らかにするなど、その考察は含蓄に富む。　　本体 1500 円